庫

八丁堀の湯屋

御宿かわせみ16

平岩弓枝

文藝春秋

目次

八丁堀の湯屋

ひゆたらり

一

　この年、江戸は暮が近づいても暖かな晴天が続いていたのだが、その気味が悪くなるような陽気の中を、汗を拭き拭き、大川端の「かわせみ」に飯倉の仙五郎が訪ねて来た。

　家業は桶屋だが、捕物が好きでお上のお手先となり、飯倉から麻布あたりを縄張りにしている。

　松浦方斎《まつうらほうさい》の方月館にもよく顔を出し、その縁でしばしば、東吾《とうご》に捕物の手助けをしてもらって、自分では、

「若先生の一の子分……」

の心算《つもり》でいる。

　その仙五郎が「かわせみ」へ来たのは、品川へ嫁いでいる娘のところに初孫が誕生し

たので、その顔をみるついでに、松浦方斎の手紙を東吾に届けるためで、この律義な岡っ引は、孫のほうを後廻しにして、まっすぐ大川端へやって来た。

ちょうど東吾は軍艦操練所から帰って来たところで、遠慮する仙五郎を無理に居間へあげ、お吉《きち》が自慢の蕎麦《そば》がきを作った。

「お久しぶりでございます。まあ、なにからお話ししてよいやら……」

東吾が方月館の稽古に行かなくなって、まだ一年にもならないのに、仙五郎には五年にも十年にも思えるらしい。

「そういっちゃあなんですが、若先生がおみえにならなくなってから、方月館も寂しくなりました」

おとせも善助も心なしか元気がないし、正吉もしょんぼりしている。

「方月館の稽古のほうは伊太郎さんがやっていまして……、その伊太郎さんも若先生に会いたがっています」

伊太郎というのは方月館での東吾の弟子の一人であった。

狸穴《まみあな》の松本庄右衛門という名主の悴《せがれ》だが、本当の父親は御書院組の吉田織部《おりべ》で、母親が若い頃、吉田家へ女中奉公していて、織部の手がついて生まれたのが伊太郎であった。

或る時期、本当の父親をなつかしく思って、そのことで東吾に厄介をかけたことのある伊太郎だが（「千鳥が啼いた」参照）、今は、松本庄右衛門の一人息子として、両親に孝養を尽す好青年に成長している。

東吾が方月館を去ったあと、斎藤弥九郎と松浦方斎が相談して、伊太郎を師範代に決めた。

で、何事にも生真面目な伊太郎は方月館の稽古のない日は、斎藤弥九郎の道場へ通って修業をしながら、東吾の後任をつとめている。

「俺も方月館がなつかしいよ」

方斎の手紙を開いてみると、簡単な時候見舞と一緒に、身辺にいささか気になることがあるので、別に急ぐことはないが、暇《ひま》のとれた時、狸穴へ顔をみせてくれまいか、といった内容である。

東吾は早速、筆をとって、日頃の無沙汰を詫《わ》び、近い中《うち》に参上する旨をしたためて、仙五郎に托した。

講武所も軍艦操練所も正月以外は決った休みがないが、講武所のほうは月に一度の割合で、教授方は交替で休んでよいことになっている。

翌日、東吾は講武所へ行き、他の教授方の都合を訊《き》いてから、翌々日を休みにしてもらった。

「なんですか、若先生ったら、狸穴へお出かけになるのが決って、ひどくお嬉しそうですねえ」

とお吉がいささか不満そうに呟《つぶや》いたが、実際、東吾はそわそわしていた。

子供が潮干狩だの、野遊びに出かけるのをたのしみにしているような按配《あんばい》で、手土産の餅菓子だの煎餅《せんべい》を買い、正吉の素読《そどく》用に自分が子供の頃に使っていた論語の本を八丁堀の屋敷に取りに行ったりした。

それで、兄の通之進《みちのしん》にも狸穴へ行くことが知れて、

「これを、方斎先生に……」

と加賀の銘酒をことづかったりした。

おまけに、るいからも、

「さし出たことをするとお叱りを受けるかも知れませんが……」

よい紬《つむぎ》が手に入ったので、

「方斎先生や正吉さん達の普段着に……」

おとせにことづけてくれ、と頼まれた。

なんだかんだと、かさだかになった荷物を持って、東吾は軍艦操練所を終えた後に大川端を発って狸穴へ向った。

方月館へ着いたのが、それでも日の暮れる前で、道場からは威勢のいい竹刀《しない》の音が聞えている。

「まあまあ、こんな重いものを……」

出迎えたおとせが仰天し、すぐに善助がとび出して来た。

方斎は正吉を伴って、青山の植木屋へ正月用の盆栽をみに出かけているというので、東吾はまず道場へ行ってみた。

伊太郎が子供達の稽古をつけていたのだったが、子供達も伊太郎も、東吾の姿をみたとたんに、わあっと声を上げてかけよって来た。

先生、先生ともみくしゃにされて、東吾はつい、鼻の奥のほうが熱くなって来る。

その子供達が帰ったあとで、

「先生、お疲れとは思いますが、お稽古をお願いしてよいでしょうか」

伊太郎に乞われて、東吾は道具をつけ竹刀を取った。

もともと剣筋のいい男だったが、道場をまかせられたという責任のせいか、ぐんと腕が上っている。

東吾のほうは一汗かいただけだが、伊太郎は全身全霊で打ち込んだあげく、最後は羽目板にぶつかってひっくり返った。

「相変らず、未熟者で、お恥かしいです」

面《めん》をはずして両手を突くのをみて、東吾は明るくいった。

「いや、上達したよ。立ち合いながら内心、驚いていたんだ」

「まだまだ先生の代理は出来ません。それは骨身にしみているのですが……」

斎藤弥九郎の許へ稽古に行っていて、弥九郎から聞いたといった。

「先生の剣は、春風のようだ、とおっしゃいました。柔よく剛を制すというが、神林《かみばやし》先生のは無心の剣の怖ろしさだ、と……」

「そりゃあ賞めすぎだよ」

俺は本能的に人を斬るのが嫌いでね、と東吾は道具をはずしながら話した。

「守りに徹するところから、自分なりの動きになる。ただ、それだけのことなんだ」

汗を拭いて着がえをしているところへ、方斎が帰って来た。

「早く来てくれたの。無理をしたのではないか」

東吾の手土産の酒をおとせが温めているから、伊太郎も来いといい、三人揃って母屋の居間へ移った。

いつもの年よりも暖かいといっても、師走のことで、陽が落ちると気温は下る。

囲炉裏には火が入って、茶釜が湯気を上げていた。

膳が運ばれ、酒が一渡りして、方斎が話し出した。

ちょうど、東吾が方月館へ来られなくなった頃と時期を同じくして、一人の医者が麻布に居ついた。

「もともとは、旅の医者だったのだが道中、足を痛めたとかで、笄橋《こうがいばし》の近くの長谷寺《ちょうこくじ》の塔頭《たっちゅう》に厄介になっていたそうじゃ」

たまたま、西麻布の大百姓で大地主でもある荒木家の女隠居がひどい喘息《ぜんそく》に苦しんでいたのを、その医者が治療し、ひどく効力があったことから、

「荒木家の地所にあった空家に手を入れて、そこを医者に与えたので、以来、住みついている」

医者としての腕がいいだけではなく、不思議な神通力を持っていて、念力で病を治す

と評判になり、近隣はもとより、かなり遠方から患者が押しかけて繁昌している。

「それはそれとして……近頃、わしの耳に入ったのは、その医者が曲直瀬《まなせ》桃庵《とうあん》と称して典薬頭《てんやくのかみ》、今大路成徳の血縁であると、代官所の役人に答えたと申すことじゃ」

「今大路家の者だというのですか」

「左様、今大路家は上様の侍医、あまりに身分の高い者の一族といわれて、代官所でも真偽のほどをただしかねているようじゃ」

「それは、おかしいですな」

今大路成徳には娘が二人いて、長女の浜路というのが天野《あまの》宗伯へ嫁いだ。

「その子が、先生も御存じの天野宗太郎《そうたろう》、只今は麻生源右衛門《あそうげんえもん》の養子になって居ります」

宗太郎の母の浜路が早く歿《なくな》って、そのあとに、妹の糸路が後妻に入った。そして生まれたのが、宗太郎の腹違いの弟、宗二郎と宗三郎で、

「宗二郎どのが、母方の今大路家を継ぐことになって居るそうです」

東吾が宗太郎から聞いた限りでは、今大路家には他に子供はない。加えて、今大路成徳は一人っ子であることも、宗太郎が麻生家に入る時、親類縁者の紹介で知らされていた。

今大路成徳の妻には兄がいるが、これは医者ではなく紀州家の侍であった。

「曲直瀬という苗字は、今大路家の本名じゃで……」

一杯の酒をゆっくり味わうように口に含みながら、方斎がいった。

もともと、今大路家の祖先、曲直瀬正紹《まさつぐ》というのが、三代将軍家光の侍医をつとめ、その子の曲直瀬親清の時、禁裏《きんり》より今大路の家号を賜って、以来、今大路を名乗るようになった。

従って、曲直瀬といえば、今大路の一族であり、少くとも成徳の妻の家族とか、或いは天野家の親類で曲直瀬を名乗ることはない。

「曲直瀬桃庵ですか」

「左様」

天野宗太郎と昵懇《じっこん》の東吾にしても聞いたことのない名であった。

「ひょっとすると、かたりですか」

神通力をもって患者の治療をするというのからして、いかがわしい感じであった。

「立ち帰って、宗太郎に訊ねてみます。もし、うさん臭い者であれば、捨ててもおけません」

将軍家の典薬頭の一族を詐称するとあっては、今大路家はもとより、天野家においても容易ならぬことになる。

「わしもそう思って、東吾に文をつかわしたのじゃ」

「いったい、どんな男でございますか」

という東吾の問いに答えたのは伊太郎であった。

「手前は一度、畑に薬草を栽培している桃庵をみたことがございますが、年の頃は三十前後、眉が太く、鼻が高く、仙人のような容貌をして居ります」

「独り者か」

「そのようで、只今は荒木家の女隠居が不自由であろうとて、歿った息子の嫁でお喜代と申す女を、手伝いにやって居りますとか」

父親が狸穴の名主なので、伊太郎は桃庵についてかなりの噂を耳にしていた。

「信じられぬ話ですが、頭が割れるように痛んで居る人が、桃庵先生が首のあたりを抑えて念力をかけたら、すぐに治ったとか、腰のまがった婆さんが、先生の神通力でしゃんとなったとか、狸穴あたりでもよく聞きます」

念力だけではなく、薬を調合してくれる場合もあり、それが又、よく効くらしい。

そんな話をしている中に飯も終り、家へ帰る伊太郎を送って広い土間のある勝手口まで来ると、おとせと善助と、飯倉の仙五郎がひどくむずかしい顔で話し込んでいる。

「若先生」

出て来た東吾にむかって、仙五郎がまず嬉しそうに呼びかけた。

「今日、お出《い》でなすったそうで……」

「なにか、あったのか」

おとせが蒼白になって手に持っていた竹の皮包を板の間へおく。

ぷんと酒の匂いがした。

「酒粕《さけかす》じゃないか」

「久しぶりに若先生がお出でなさいましたから、明日の朝はお好きな粕汁を作りましょうって、善助さんが荒木様までもらいに行って来たんです。そうしたら、仙五郎親分が来て、毒が入っているといけないからって……」

仙五郎がすぐ補足した。

「荒木の家は大変なさわぎなんで……粕汁を食った連中が腹痛をおこすやら、吐き下しをするやらで、今、桃庵さんがかけつけて容態をみてなさるところです」

「荒木というと、西麻布の大百姓か……」

「そうなんで……あそこはお上のお許しをもらって、自分のところで酒造りをさせているんですが、ちょうど今時分はいい酒粕が出るんでさあ」

近所の者にも売るし、自分の家でも粕汁を作って食べる。

「粕汁に当ったとでもいうのか」

「よくわかりませんが、今夜、食ったものは粕汁と飯だけなんだそうで……」

そのさわぎが起る直前に、善助が酒粕を買いに行き、病人が続出してから、手代が気がついてかけつけて来た仙五郎に知らせたので、慌ててとんで来たという。

「まさか、酒の粕になにか入っているとは思えませんが、要心するに越したことはないと存じます」

東吾の顔をみて、仙五郎はどこかほっとしている。

「仙五郎親分は、なんで荒木家へかけつけたんだ。粕汁に当ったからといって、親分がとんで行くのは、お門《かど》違いだろう」

東吾が笑い、仙五郎がここぞと体を乗り出した。

「実は、荒木家へ行く用事がありまして、たまたま、飯をすませて出かけて行ったら、腹いたさわぎにぶつかったんでして……」

「その用事ってのは、なんだ」

いよいよ、仙五郎の表情が嬉しそうになった。

「こんなものが、あっしの家に投げ込まれたんです」

くしゃくしゃに畳んだ紙片を取り出して東吾にさし出した。

ひゆたらりはあくにんです
あらきのばあさまがころされます
「なんだ、これは……」

文字もひどくて読みにくいが、文章も難解であった。

「あらきのばあさまってえのは、荒木家の女隠居のおとよさんのことだろうと思います。ただ、最初の一行がわからねえんで……」

「ひゆたらりは悪人です、か。ひゆたらりってのはなんだ」

「さあ……」

「この紙は、障子紙の端っこみたいだな。こいつが親分のところへ投げ込まれたのは、

「いつだ」

「今日の夕方で……気がついたら入口の土間に落ちていました」

仙五郎の家は飯倉の通りからちょっと入った路地に面していて、入口は格子戸であった。

「近所の連中に、怪訝《おか》しな人間をみなかったかと聞いてみましたが、夕方の忙しい時でして……」

隣近所は職人が多いが、みんな年の暮で暗くなるまで働きに出ているし、女達は路地と反対側の井戸端で晩飯の仕度中の時刻であった。

「それにしても、あっしが湯屋に行って帰ってくるまでの間でござんしょうから、おおよそ六ツ（午後六時）前後で……」

「親分は長湯のほうだろうな」

「へえ、まあ、湯屋ってところは、いろいろと世間の噂が聞けますんで……」

とにかく、荒木家まで行ってみようと東吾がいい、仙五郎は何度も頭を下げた。

伊太郎が急いで提灯の仕度をする。自分も供をするといってきかない。

仙五郎を先に立て、狸穴から飯倉片町を抜けて六本木へ、荒木家は芋洗坂を下りたところにあった。

かなり広い地所に大きな藁葺《わらぶ》き屋根の百姓家が二軒並んでいて、広いほうが母屋だと仙五郎が教えた。

その母屋はごった返していた。

そこここに布団が敷かれて、病人がうなっている。

白っぽい着物に小袴をはいた男が、若い女と一緒に病人に薬湯を飲ませていた。

「仙五郎親分」

縁側で薬湯を煎じていた若い男が声をかけた。青ざめてはいるが、病人のようではない。

「若先生、手代の東五郎でございます」

仙五郎が東吾をふりむいた。

「むこうで、桃庵先生と一緒に働いているのが、荒木家の総領の嫁でお喜代さんです」

「総領は歿ったそうだな」

桃庵という医者の話を方斎から聞いた時に荒木家の話が出ている。

「よく御存じで……市郎太さんといいましたが若い時分から病弱でして、昨年、とうとう……。ですが、太郎吉という八つになる子がいますんで、お喜代さんは実家へ帰らず、ここの家に厄介になっていますんで……」

小柄で大人しそうな女であった。二十八、九だろうか、桃庵という医者の指図に従っておろおろしながら動き廻っている。

「いったい、どういうことなんでございましょう。桃庵先生は粕汁に当るなどということはあるまいとおっしゃっていますが……」

粕汁の中に入っていたのは豆腐と大根、里芋と牛蒡《ごぼう》で、豆腐以外は今日、荒木家の畑から抜いて来たものばかりだといった。

「お前は、粕汁を食わなかったのか」

東吾に訊かれて、手代は二、三遍お辞儀をした。

「夕方は酒倉のほうに居りまして……」

今年出来上った酒が倉に運ばれて来て、

「その帳つけやら、酒粕を買いに来る人の応対をして居りまして、飯に戻るのが遅くなりました」

善助に酒粕を売ったのも、この東五郎で、仙五郎にそのことを話したのも彼である。

「善助の他に、今日、ここの酒粕を買った者はいなかったのか」

「いえ、御近所で三、四軒、手前がとんで行きましたが、どちら様も粕汁を作って食べたあとで……、別に、なんの異状もございませんでした」

それからしても、酒粕そのものに問題があったわけではなさそうである。

「あんたが母屋へ来た時、もう、みんなは苦しんでいたのか」

「全部が全部じゃございませんで……御隠居様の様子が怪訝しいと女中のおまさが……その中に、みんながげえげえはじまりまして」

自分まで吐きそうな顔になった。

そこへ、お喜代が煎じ薬を取りに来た。

「あんたも粕汁を飲まなかったのか」

いきなり東吾に声をかけられて、お喜代はびっくりしたようだったが、

「あたしは、桃庵先生のところへ御隠居様の薬を取りに行っていたから……」

慄《ふる》え声で答えているところへ、桃庵が来た。

「どうも、えらいことになったが、原因はなんですか」

東吾がおっとり訊いたので、変事をきいてかけつけて来た荒木家の知り合いとでも思ったのか、

「それが、よくわからん」

いささか憮然として煎じ薬の煮え具合をみている。

「粕汁に、なにかが入っていたのでは……」

「まだ調べてみる暇がないのだ」

鍋や椀は、そのままにしてあるといった。

「お喜代さんは先生のところへ行っていて助かったそうですな」

「隠居どのの薬がなくなったといって取りに来たんだ。ついでに、わしの晩飯の仕度をしてくれて……そこへ東五郎が知らせに来た」

「一番、具合の悪そうなのは誰です」

「隠居どのと、下男の猪之吉だ」

猪之吉は粕汁を三杯おかわりしているといった。

「他は一杯ずつですか」

「女中はそういっている」

煎じ薬を取って、再び、病人のほうへ行った。すぐに、お喜代がついて行く。

「やられているのは、ここの家の人間が全部ですよ」

病人の間をみて廻って来た仙五郎がいった。

「女隠居のおとよさんに、娘のおたみさん、その亭主の勘助、それから下男の猪之吉と女中のおまさにおてる……この二人は荒木家の小作人の娘で、行儀見習かたがた、女中奉公に来ているんで……」

他に、お喜代の子の太郎吉と、おたみの子の松之助とおうのというのがいるが、子供は粕汁を食べず、芋の煮ころばしと豆腐の味噌汁で先に飯をすませて、なんの変りもない。

「お喜代さんが、二階へつれて行って寝かしたそうです」

「助かったのは、お喜代と東五郎と子供三人というわけだな」

「左様で……」

桃庵がいやな顔をしていたが、東吾は仙五郎に案内させて、病人を一人一人みて歩いた。

たしかに、こっちの座敷に寝ている中では、猪之吉が一番重い状態らしい。

女隠居のおとよは奥の部屋に一人だけで寝ていた。

着ているものも布団も、ずば抜けて上等である。

「こりゃあ……、ひどいな」

口の中で東吾が呟き、仙五郎が眉をひそめた。

顔は土気色になり、手足を小刻みに慄わせている。

桃庵が薬湯の入った茶碗を持って来たが、おとよはそれを飲む力もないようであった。

「なんとか、手当の方法はないのか」

みかねて東吾がいうと、

「するだけのことはして居る」

素人が口出しをするなといわんばかりの剣幕である。

二

夜明けを待って、伊太郎を本所の麻生家へやり、宗太郎を伴ってくることに決めて、東吾はまず、伊太郎を方月館へ行かせた。

一つには旅仕度のためであり、おとせや善助に東吾が荒木家で夜を明かすことを告げるためでもあった。

病人の大方はうなり続けているが、その声は弱いものであった。

桃庵が自分の家へ薬を取りに行くというので、東吾は仙五郎を残し、彼について行った。

荒木家の女隠居のおとよが喘息を治してもらった礼に贈った家というのは、けっこう立派なもので、表のほうの広間を療治場に使い、奥が薬部屋、その隣が桃庵の居間になっている。

「助かるんだろうな、荒木家の連中は……」

薬部屋へ入って、行燈《あんどん》をつけ本草《ほんぞう》学の書物を開いている桃庵に、東吾は遠慮のない言い方をした。

「あんた、相当の名医だっていうじゃないか」

じろりと桃庵が東吾をみたが、なにもいわない。

「神通力だの、念力だのって奴は、食当りには効かないのか」

舌打ちをして桃庵が応じた。

「念力は、精神を病む者には効力がある。病巣が体にあるのには効かぬ」

文句があるかといった口調である。東吾がにやりと笑った。

「それじゃ、今大路の血縁っていうのも本当か」

「なにっ」

「曲直瀬というのは、今大路の本姓だ。それを名乗るからには、一族だろうが……」

「貴様、何者だ。代官所の役人か」

「いいや」

「仙五郎と一緒に来たところをみると、奉行所の者か」

「そうでもない」

「役人でなければ、答える必要はない」

「成程」

薬のひき出しをあけて、次々と取り出している桃庵をそのままにして、東吾は隣の居間をのぞいた。

小さな床の間に掛け物がかかっている。

こっちの部屋の行燈の灯かげで、辛うじてその掛け物の文字が読めた。

ひゆたらり。その下に、道三教と書いてある。

「ひゆたらりって、なんのことだ」

東吾が訊くと、桃庵がまっ赤になった。

「うるさい」

「ひゆたらりは悪人で、人殺しをするのか」

「黙れ、黙れ」

桃庵が摑みかかって来そうな気配だったので、東吾はさっさと家をとび出した。

荒木家へ戻って来ると、もう夜が明けかけている。

病人はみんなぐったりして、眠っているのか身動きする者もない。

「桃庵というのは名医には程遠いな。泥棒をつかまえてから縄をなっている」

一人っきりで手が廻らないのだろうが、食当りの原因すら見当がつかないでいる。

「お喜代はどうした」

「少し、やすんだほうがいいといったんですが、飯の仕度をしています」

「食える者なんぞいないだろう」

「二階に子供達が居りますから……」

「そうだったな」

仙五郎が土間の大きな囲炉裏に薪を足した。

夜明けになって、冷えて来ている。

「この家に厄介ごとはないのか」

女隠居のおとよが殺される、と投げ文には書いてあった。

「厄介ごとというほどじゃありますまいが、おとよ婆さまが元気な中はともかく、万一の時は少々、揉めるかも知れません」

「跡継ぎのことか」

「おとよ婆さまは、死んだ息子の忘れ形見の太郎吉を可愛がっていなさるようで……本来からいえば、荒木家の跡取りは太郎吉でござんしょう」

「この家の財布を握っているのは……」

「今は婆さまで……、ただ、大百姓の仕事は娘聟《むすめむこ》の勘助がしています」

小作人に田畑をやらせ、その労力に対して作物のいくらかを与えたり、或いは地所を貸している地代を取り立てたり、その他、酒造りだの、味噌作りだのから上る収入の帳つけなどは、勘助が手代の東五郎を使ってやっている。

「ですが、金箱は婆さまが押えていて、勘助は奉公人の一人のようなものでして……」

「婆さまが死ねば、実権は勘助に移るな」

「太郎吉は、まだ八つでございますから……」

「おたみにしても、我が子に荒木家を継がせたいだろう」

「ですが、まさか、実の母親を……」

「やったのは、勘助かも知れない。勘助とおたみは比較的、病状が軽いのではないか」

「そういえば、そんな感じもします」

合点《がってん》しながら、仙五郎が思い出したように訊いた。

「ひゆたらりってのは、なんでござんしょう」

「そいつはわからないが、桃庵の居間の掛け物に書いてあったよ」

「ひゆたらり、でございますか」

「ああ」

「まさか、掛け物が人殺しは致しますまい」

「そりゃあそうだ」

ささやき合っているところへ桃庵が戻って来た。

台所にいたお喜代を呼んで、新しい薬を煎じる方法を教えている。

「うまく効いてくれるとようござんすが……」

仙五郎の独り言が聞えたのか、桃庵はむっとした表情でこっちを一瞥《いちべつ》したが、そのまま病人を診《み》に、部屋へ入って行った。

夜がすっかり明けてから、おとせがやって来た。

まだ温かい焼き握り飯や土瓶《どびん》に入れた茶まで運んで来て、

「こちらでは、なにも召し上ってはいけません」

怖ろしそうに、東吾の耳にささやく。

「安心しろよ。昨夜から茶の一杯も出やしないんだ」

無論、それどころではないのは承知である。

「伊太郎は行ったか」

「はい。ここから戻って来て、すぐ足ごしらえをして出かけられました。少しでも早いほうがよかろうといわれて……」

すると夜明け前に発って行ったことになる。

「あいつ、大丈夫かな。この節、けっこう、ぶっそうなんだ」

弟子の身を案じている中に、東吾はいささか眠くなった。

土間の藁《わら》布団の上にすわったままでうとうとしはじめた。

「仙五郎親分は、なにかというと若先生をひっぱり出すのだから……」

やんわりとおとせが仙五郎に苦情をいっているのが夢うつつに聞えて、やがてぐっすり寝込んでしまった。

三

宗太郎が到着したのは、午少《ひる》し前であった。

大方の話は道中、伊太郎から聞いて来たといい、すぐに病人を診た。

それから、昨夜のままになっている粕汁を持って来た薬籠の中のギヤマンの小皿に移して匂いを嗅ぎ、調べた。

疲れ果ててすわり込んでいる桃庵のところへ行って、低声《こごえ》でなにかいう。

桃庵の顔色が変り、もそもそと釈明しているらしいのを、東吾はこっちから眺めていた。

「なんということだ」

宗太郎が短く叫ぶようにいうのが聞え、

「白湯《さゆ》の用意を願います。重い者から解毒《げどく》にかかります」

と東吾へ声をかけて来た。

おとせと仙五郎が心得て、台所へとんで行った。

東吾は宗太郎のあとを追って奥へ行く。

「解毒って……、やっぱり、毒を盛られたのか」

「事情はわかりませんが……」

東吾の耳に口を寄せた。

「砒素《ひそ》でやられたんです」

「なんだと……」

「鶏冠石から採れるものです」

「いったい、なんだってそんなものが……」

「桃庵の処方です」

「なに」

「毒も使いようによっては薬になるんです」

薬籠から取り出した薬を、おとせの持って来た白湯の茶碗の中へ入れて、おとよを抱き起すようにして何度にも分けて嚥下《えんげ》させる。

「この婆さんが一番、危険です」

自分はかかりきりになるから、他の人々には、同じようにして薬を飲ませてくれといい、桃庵には難しい薬の名をいくつか並べて持っているかと訊く。

桃庵がうなずき、あたふたとそれを取りに出て行った。

おとせと仙五郎と、出て来たお喜代が次々と宗太郎の命ずるままに、薬を飲ませて廻る。

午後はまたたく間に過ぎた。

桃庵が薬を運んで来て、宗太郎に手伝って処方をする。みんながそれを飲ませるという手順が延々と続く。

「いったい、なにをやっているんだ」

東吾が訊くと、

「砒素を抜いているんです」

「抜く……」

「これは、普通では体内から出ません。薬によって分解して排泄《はいせつ》させるのです」

なにがなんだかわからない中に夜になった。

その頃になると、軽かった者は重湯を与えられ、生気を取り戻している。

畝源三郎《うねげんざぶろう》が長助《ちょうすけ》とやって来た時、東吾は台所で釜の下に火をくべていた。とにかく手が足りない。

「七重《ななえ》どのが、おるいさんに知らせ、かわせみから嘉助《かすけ》が手前のところへ参りました」

ちょうど町廻《ちょうまわ》りから帰ったばかりで、長助と共にまっしぐらに麻布へ来たという。

「源さんが来てくれても、なんの役にも立たないがな」

だが、言葉とは逆に、東吾はほっとしていた。

治療の間に、宗太郎から聞いた事実から考えると、この騒動には犯人が居り、いささか厄介な動機がありそうに思えたからである。

こういった犯罪の場合、下手な役人に裁きをまかせると、とんだことになりかねない、と長年の経験で知っている。

それに、長助の援軍はありがたかった。

なにしろ、本職は蕎麦屋だから、飯を炊くのも、味噌汁を作るのも女以上に器用である。

夜更けになって、漸《ようや》く宗太郎がおとよの傍をはなれて台所へ来、腹ごしらえをした。

「最初は駄目かと思ったのですが、やや持ち直して来ました」

今は桃庵がついているという。

「大丈夫か、あのやぶで……」

東吾がいい、宗太郎が沈痛に答えた。

「自分のしくじりに茫然としているんです。なんとか、とりかえしがつかないかと必死になってはいますが……」

「あいつの失敗なのか」

「桃庵は、自分が患者に与えていた薬に怖ろしい毒性があるのを知らなかったのです」

「医者のくせに……」

「いえ、彼は医者ではありません。医者の家に生まれて、門前の小僧ぐらいの知識はあったのでしょうが……」

ここだけの話にして下さい、といい、宗太郎は低く話した。

「手前は父から聞いて知っていたのですが、今大路成徳どのには、手前達の母の他に妾腹の娘がもう一人いたそうです」

その娘は成徳の弟子と夫婦になり、男児を産んだ。

「それが、桃庵か」

「祖父も父親も、桃庵を医者にしたかったようですが、当人は医者の学問よりも念力とか、呪《まじな》いに興味がある。それで、祖父が桃庵に医者となることを禁じて、同時に曲直瀬家とも絶縁させたそうです」

当人はあくまでも念力をもって人助けをするといい、諸国を旅して、その修業を続けていたようだと、宗太郎はなんともいえない表情になった。

「それにしても、なんだって厄介な薬なんぞを処方したんだ」

「砒素は喘息や皮膚病に効力があるのです。但し、使い方を間違えねばの話ですが……」

「そうか、婆さんは喘息だったんだ」

門前の小僧程度の知識しかなかったから、一つ間違うと命にかかわるものを平気で処方してしまった。

「それにしても粕汁の件は、どうなんだ」

誰かが、砒素を粕汁の中にぶち込んだに違いない。

「それはわかりませんが、少くとも、桃庵の処方した薬を粕汁に入れたのではありません」

一服の薬を投入しただけでは、あんなにひどい症状にはならないという。

「誰かが、桃庵の薬部屋から、砒素そのものを取り出して来たとしか……」

それが出来る者を探してくれといい、宗太郎は又、奥の部屋へ戻って行った。

四

「それで、犯人は誰だったんですか」

居間の炬燵《こたつ》に行儀悪く腰まで突っ込んで寝そべっている東吾を囲んで、るいとお吉、それに嘉助までが加わって、「かわせみ」の午後は、暮だというのに、のんびりと東吾の話に夢中になっていた。

長火鉢には、東吾が寝そべったまま、手酌で飲んでいる酒の徳利がもう一本、ちゃんと銅壺《どうこ》に入っている。

「ここまで話したんだ。もうわかるだろう」

「まさか、お喜代さんじゃあ……」

ためらいがちにるいがいい、年下の亭主は、満足そうに笑った。

「その、まさか、さ」

「でも、ご隠居さんが死んじまったら、お喜代さんの子供は、荒木家の跡取りになれないかも知れないじゃありませんか」

早速、抗議をしたのはお吉で、

「第一、投げ文をしたのは誰なんです」

と訊く。

ひゆたらりはあくにんです

あらきのばあさまがころされます

「だから、つまり、それがお喜代さ」

お喜代は桃庵がくれるおとよの喘息の薬が、どうも悪いのではないかと思うようになったのだ、と東吾は話し出した。

「宗太郎の話だと、砒素の入った薬を長く続けていると、めまいがしたり、手足が痛んだりするようになるんだそうだ。婆さんの世話をしていたのはお喜代だから、だんだんおかしいと思う。ひょっとして、おたみ夫婦が桃庵に頼んで悪い薬を隠居に飲ませるようにしむけているのじゃないかと疑ったんだ」

お喜代は隠居の指示で桃庵の家の掃除や食事の世話に通っている。おとよの薬を作っているところをみていて、或る日、桃庵の留守に薬部屋から、その薬を持ち出して来た。

「運悪く、そいつが砒素だったんだ」

粕汁に入れたのは、それを食べたみんなの様子をみたかったためだが、

「よもや、あんな毒性のあるものとは知らなかったんで仰天したわけだ」

隠居の飲んでいた薬がやはり悪いものだとわかったが、その隠居も粕汁を食べて半死半生になっている。

「お喜代にしてみたら、生きた心地もなかった筈だ」

「おたみさん達は、なんにも知らなかったんですね」

「そうさ。桃庵だって、なにがなんだかわからない。お喜代にしたって同じさ」

毒を毒と知らなかった悲劇だと、東吾は得意そうに笑った。

「でも、ようございました。皆さん、命に別状がなくて……」

るいがいい、お吉が、

「お喜代さんは罪にならなかったんですか」

と訊いた。

「そこは源さんさ。うまくおさめたよ」

下手に表沙汰になると、曲直瀬家の名前が出る。

「お喜代は一生、良心が痛むだろうが……」

しかし、そのお喜代の必死の看病で、隠居のおとよは全快した。

「桃庵さんはどうなりましたの」

と、るい。

「旅に出たよ。宗太郎に二度と医者の真似はしないと泣いて約束したそうだ」

それでも、念力の修業のほうはやめないらしい。

「念力なんかで、病気が治りますかね」

お吉が呟《つぶや》いた時、嘉助が口を開いた。

「若先生、ひゆたらりとは、いったい、なんのことで……」

お喜代がひゆたらりは悪人ですと書いたのは、ひゆたらり、即ち桃庵という意味で、
それは桃庵の居間にかけてあった掛け物の「ひゆたらり」から考えたことだろうが、

「ひゆたらりとは、なにか意味がございますので……」

「そいつは、宗太郎に教えてもらったよ」

紙と筆を取ってくれと東吾がいい、るいがそれらを炬燵の上へ並べると、起き上ってすらすらと書いた。

　長生きは粗食、正食ひゆたらり

　勝手次第に御屁めされよ

「こいつは今大路家の先祖で名医の聞え高かった曲直瀬道三正盛という医師が書いたもので、今大路家では毎年、冬至の時、医者の間では神農会《しんのうえ》というそうだが、その日にこの歌の掛け物を床にかけるんだとさ」

要するに養生訓だが、

「そのひゆたらりというのは、今大路家でも長いこと意味がわからなかったらしい。ところが、今の成徳どのの父上の時、信州から来た医者が、ひゆたらりとは、むこうの言葉で湯の熱いものを飲んだり、火の熱いところに寄ったりしないことをいうときかされて、漸く、その意味がわかったということだ」

とたんに、るいが炬燵をめくった。

「大変、こんな熱いところへもぐり込んで……」

銅壺の中の徳利を抜いて、お吉に渡した。

「こんな熱燗《あつかん》、下げておくれ」

これからは熱いお茶もあげません、火鉢の炭もへらしましょう、といわれて、東吾がすわり直した。

「冗談いうな。俺がるいと夫婦になって一番、気に入っているのは、炬燵に寝そべって、熱燗でぐいと一杯……」

るいが可笑《おか》しいのを我慢して眉を寄せた。

「でも、いけませんのでしょう。ひゆたらり……」

「ひゆたらりなんぞ、知ったことか」

お吉と嘉助が、そっと部屋を出て行って、大川端はゆっくりと陽がかげって来た。

びいどろ正月《しょうがつ》

一

冬のはじめから、江戸は悪い風邪《かぜ》が流行《はや》り出した。

気候が不順で稲刈りの済んだあとに汗ばむような日が続いたり、かと思うと一夜にしてひどい冷え込み方をするといった具合で、大方の人間が体調を崩した。

体力のない年寄りや子供が風邪をひき、こじれて長患いになったりする。

咳《せき》がひどいというのも、今度の風邪の特徴であった。病人は昼夜とも、ごほごほと咳《せ》き込み、体のふしぶしが痛み、食欲がなくなってげっそりと衰える。

幸い、「かわせみ」では今のところ一人も風邪っぴきが出なかった。

はやばやと、宗太郎が本所からやって来て、

「風邪をひきたくなかったら、ひたすら、嗽《うがい》をすることです。番茶の出がらしをよく煮

出して、そいつで念入りにがらがらとやる。外から帰って来た時は必ずですよ。手をよく洗い、汗をかいたと思ったら面倒がらずに肌着をとりかえる。夜更かし、深酒はいけません。ちょっと怪訝《おか》しいと思ったら、嗽をし、卵酒を飲んで、あたたかくして早寝をすることです」

くどいほどに念を押して、万一、危いと思ったら煎《せん》じて飲むようにと葛根湯《かっこんとう》をどっさりおいて行った。

なにしろ、名医がいうことだから間違いはないと、お吉が番茶の出がらしを集めておいて、茶釜でぐらぐら煮立てたのを、冷《さ》ましておいては、みんな、まめにがらがらとやる。

毎日、出かける東吾は尚更で、帰って来ると縁側へつれて行かれて、ぬるま湯で手を洗わされ、番茶の匂いのする湯で嗽を強制される。

が、おかげで、咽喉《のど》も痛まないし、心身ともにさわやかな年の暮であった。

お吉はすっかり得意になって、来る人ごとに番茶の効用を喋っていたが、その日も宿帳改めに立ち寄った畝源三郎に無理矢理、嗽をさせ、手を洗わなければ、宿帳にも触らせないとがんばった。

気のいい源三郎のことで、万事、お吉のいいなりになってから、「かわせみ」の帳場に上り込んだが、

「そういえば、長崎屋の神聖水というのが、飛ぶように売れているそうですよ」

といった。

ちょうど、東吾も帰って来ていて、

「なんだい、その神聖水ってのは……」

早速、源三郎の話に乗って来た。

「要するに、嗽薬だと思いますが、そいつが一瓶《びん》二分《ぶ》だというのです」

二分というと一両の半分、一両で大体、米一石は買えた時代だから、たかが嗽薬とし
たら相当の高価といえた。

「それが亦《また》、びいどろの瓶に入っていまして二度目に買いに行く時、空いた瓶を持って
行くと、中身だけなら、南鐐《なんりよう》一枚だそうです」

南鐐は二朱銀で、一両の八分の一に相当する。つまり一分《ぶ》の半分であった。

「びいどろの瓶代が薬の三倍ってことでございますか」

お吉が嘆息をつき、思い直したようにいった。

「だったら、なにも、びいどろなんかじゃなくて、あり合せの徳利でも竹筒でも持って
行って二朱で分けてもらえば……」

「ところが、そこは商売で、そういうことは出来ない。長崎屋のほうは薬の状態をいい
ままに保つには、びいどろの瓶でないといけないのだと説明しているようですよ」

「効くのかね」

と東吾。

「手前は験《ため》したことがありませんから、なんともいいかねますが、評判はいいようで、長崎屋の前は、連日、行列が出来ているときいています」

「まあ、誰しも、病気になると金には代えられないと思いますし……」

と嘉助がいい、

「鰯《いわし》の頭も信心からというんだから、効くと評判になりゃあ効いたような気がするんだろう」

東吾があてにならない顔をした。

それから数日後、

「いい鰆《さわら》が入りましたので、板前が粕漬を作りましたの。八丁堀のお屋敷と本所の麻生様へお届けしたいと思いますけれど……」

るいに相談され、それなら俺が持って行くと、東吾はまず本所から出かけた。

本当は、るいがお供に「かわせみ」の若い衆をつけて、鰆の粕漬の入った平桶を持たせようとしたのだが、

「なにいってやがる。お供をつれて歩くほどの年齢《とし》じゃねえや」

と、東吾はさっさと風呂敷包をぶら下げて行った。

麻生家では宗太郎が出迎えて、早速、嗽と手洗いをさせられてから、

「花世《はなよ》をみて下さい。随分と美人になりましたよ」

と相変らずの親馬鹿ぶりである。

美人、美人と親がさわぐ割には、よく肥っていて、綿菓子のようにふわふわした感じがする。

「ぼつぼつ二人目はどうなんだ」

と東吾が冷やかし気味に訊《き》いてみると、

「今度は男の子を産みますの」

赤い顔もしないで七重がいう。

「出来たのか」

いささかびっくりして反問する東吾に、

「いいえ、その中《うち》に……」

夫婦が顔を見合せて、くすくす笑っている。

なにもいう気がなくなって、東吾は中庭をへだてた宗太郎の診療所のほうを眺めた。

「風邪っぴきの患者は多いのか」

「少くはありませんね」

「患者を診ている中に、医者がうつるということはないのか」

「うつらないように、消毒薬で手を洗い、嗽もして気をつけています。手前に伝染したら、花世や義父上《ちちうえ》が危険ですから……」

また、話がそっちへ移りそうになって、東吾は長崎屋の神聖水の話をした。

「成程、びいどろの瓶に入った嗽薬ですか」

初耳だったらしいが、宗太郎は別に驚かなかった。

「びいどろの瓶は、薬瓶としては秀れています。手前のところでも、随分、使っていますが……」

外から中身がみえるし、湿気も防ぐ。

「大方の薬は、湿り気を嫌うものです。その外、びいどろの瓶の効用はいろいろとありますが……」

日本では蘭方《らんぽう》の薬が多く用いられるようになって、びいどろの薬瓶が必要になって来たと宗太郎はいった。

「だいぶ前ですが、薩摩様が製薬館という薬の研究所のようなものを建てられた時、びいどろの薬瓶が要ることになって、江戸から四本亀次郎というびいどろ師を呼んで作らせたという話を聞いたことがあります」

しかし、長崎屋の売り出している神聖水が果してびいどろの瓶でなければならないかどうかはそれを調べてみないとわからないと苦笑している。

「二分は高すぎないか」

「おそらく、高いでしょう。けれども、薬というのは高いほうが効くようにみえるそうですから……」

そんな話をした翌日の午後、今度は宗太郎が「かわせみ」に寄った。

「神林どのに、葛根湯を届けに行った帰りです。もう、東吾さんがお帰りじゃないかと思って……」

「兄上が、風邪なのか」

昨日、粕漬を届けに行った時、義姉の話では、元気だと聞いた。

「要心のためですよ、風邪は殊に最初が肝腎です。最初の手当さえよければ、重くなることはありません」

常備薬として、時々、届けるといった。

「かわせみにも持って来ました」

「名医というのは、まめなもんだな」

「ところで、暇《ひま》そうですね」

「なに……」

「かわせみ」はぼつぼつ大掃除といった恰好だが、東吾にはすることがない。

「ちょっと、双葉町まで行ってみませんか」

長崎屋だといわれて、東吾はるいに声をかけ、宗太郎と一緒に大川端を出た。

冬の陽はもう暮れかけているが、気温は案外、暖かい。

八丁堀組屋敷を横にみて、中之橋を渡り、本願寺の裏を抜けて木挽橋から川沿いに土橋へ出て来る。

土橋を渡ったところが久保ヶ原だが、原っぱどころか、広小路のように賑やかであった。

「この辺は、随分、変ったようですね」

年々、人家が増え、大きな店舗が軒を並べるようになった。

「手前が長崎へ出かけた頃を思うと今昔の感がします」

と宗太郎がいうが、今昔といったところでせいぜい十年程度の間である。

ここらは芝口で町並みは金杉橋へ続いているが、双葉町というのは久保ヶ原を入ったすぐで、やはり人家が密集している。

長崎屋の前は、土橋のほうまで長い行列が出来ていた。

「蘭方の薬種問屋の一つで、たしか、先代が長崎の本店から分家して江戸へ店を出したと聞いています」

宗太郎も長崎に滞在中、本店のほうへ薬を買いに行ったことがあるという。

東吾がみていると、宗太郎は行列の最後に並んでいる。神聖水を買う気だと思い、東吾はぶらぶら歩いて長崎屋の裏へ廻って行った。

店の奥が住居になっているらしく、その裏手は庭が広い。庭には大きな納屋のようなのがあって、その入口近くに井戸がみえた。

井戸端で若い女がびいどろの瓶を洗っていた。手ぎわよく一本ずつを逆さにして竹籠の中に並べて行く。

中肉中背だが、がっしりした体つきの男が木箱を娘の傍へ運んでいた。木箱の中にはぎっしりとびいどろの瓶がおさまっている。

長崎屋の店の者にしては身なりが違っていた。男は職人風だし、娘も絣《かすり》の筒袖の着物にくくり袴《ばかま》のようなのをつけている。

店のほうからでっぷりした男が出て来た。

赤ら顔で眉が下っている。これは長崎屋の人間のようであった。手にした帳面を広げてなにか話している。

瓶を洗っていた娘が急に顔を上げ、はっきりした声で答えるのが東吾の耳まで聞えた。

「無理です。今だって、もう手一杯で……」

「そこをなんとかしてもらいたいな、あんた方だって、いい正月が迎えられる。間に合せてくれれば、少々でも祝儀をはずもう」

娘がなにかいう前に、木箱を運んでいた方が頭を下げた。

「出来るだけ、やってみます」

「兄さん、無理ですよ、他の仕事だってあるんですから……」

男が妹を制した。

赤ら顔が勝気そうな娘に愛想笑いをした。

「まあまあ、あんたも大変だろうが、正月にはきれいな着物の一枚も買っておもらい……」

帳面を持って、赤ら顔が奥へ入ってしまうと兄妹は裏庭から路地へ出て来た。そこに木箱を積んで来たらしい荷車がおいてある。

兄のほうが荷車をひき、妹が並んで路地を抜けて行く。

なんとなく、東吾はそのあとについて行った。芝口の表通りへ出て二丁目、三丁目、次が諏訪町で、二人が横丁へ入った。

小さな家だが、庭が広くて作業場のような掘立小屋がみえる。

荷車を庭へひき込み、妹のほうが家の戸を開けている。

庭の入口に木戸があり、そこに看板がみえた。薄暗い中で、東吾はその看板の文字を読んだ。

「硝子細工司雛屋弥助」

弥助というのが荷車をひいていた男かと思った時、その男が家へむかって妹を呼んでいるのが聞えた。

「おせき、ちょっと蠟燭《ろうそく》を取ってくれ」

東吾が双葉町まで戻って来ると、瓶を手にした宗太郎が人待ち顔に突っ立っている。

長崎屋は表戸を閉めるところであった。

「やあ、買ったのか」

と東吾が笑い、宗太郎も苦笑した。

「やっと買えました」

半刻（一時間）以上も並んだことになる。

土橋を渡り、木挽町まで来て蕎麦屋へ入った。腹ごしらえというよりも、神聖水をみるためである。

酒と種物を註文しておいて、宗太郎が瓶の口につまっていた和紙をぐるぐる巻いて固めた栓をはずした。

鼻にあてて匂いを嗅ぎ、盃に少しばかり注いで舐《な》めている。

「なんだか、わかるか」

「薄荷《はっか》ですね」

可笑《おか》しそうな表情をした。

「御存じだと思いますが、紫蘇《しそ》の一種です。夏から秋にかけて薄い紫色の小さな花が咲くんですが、その茎と葉に独得の香りがあります」

東吾も盃の中の神聖水を指の先につけて匂いを嗅いだ。

すっとするような香りは、以前に嗅いだ記憶があった。

「これを油にとかしたのが、薄荷油ですよ」

その薄荷油を水に落して作ったのが神聖水の正体らしい。

「効くのか、こんなものが……」

「まあ、咽喉《のど》がすっとして、一時的にはさわやかになりますから……」

「番茶だって同じようなものなんだろう」

「早くいえば、そうです」

「冗談じゃねえな、こんなものに二分も取りやがって……」

った。

「大半はびいどろ瓶の代金というつもりでしょうか……」

そのびいどろの瓶にしたところで、そんなに高額で仕入れているとは思えない。

「ひでえものだな」

一本の酒を半分ずつ飲み、蕎麦を食べて、宗太郎は本所へ、東吾は「かわせみ」へ帰った。

二

軍艦操練所の帰り道に、畝源三郎と出会ったのは、暮もかなり押しつまってのことであった。

「長崎屋で、とんでもない事件が起りました」

気の重い顔である。

「神聖水と間違えて、消魔水を売ってしまったらしいのです」

「なんだ、そいつは……」

「医者の話では、消毒といいますか、大事な手術などの折、手を洗ったりするのに用いるそうですが、うっかり口にすると猛毒のようでして……」

神聖水と思って、嗽などをしたら、とんだことになるといった。

「えらいことじゃないか」

ごく自然に源三郎と並んで双葉町へ向った。

長崎屋は大戸を下し、表には張り紙が出ていた。

今日、長崎屋で神聖水を買った客は、手をつけずすぐに持って来てもらいたい、という旨だが、すでに買って帰った客が用もないのに長崎屋へ戻ってくる筈もなく、その張り紙が役に立つとは考えられない。

奉行所からは役人も来ていて、町々の町役人《ちようやくにん》に通達を出し、神聖水を回収するように指示しているようであった。

長崎屋は主人も奉公人も一まとめにされて店の奥で役人の訊問を受けている。

東吾は源三郎と土間の片すみから、それを眺めていた。

主人の徳兵衛というのは痩せぎすの五十がらみの男で、薬種問屋の主人にしてはみるからに体力気力がなさそうなのが難といえば難だが、物腰の柔らかな、如何にも大店《おおだな》の主人といった感じがする。顔面蒼白で時折、わなわなと体を慄わしているのは、神聖水と間違えて、飲んだら死ぬ可能性のある消魔水を売ってしまったという衝撃のためであろう。

その徳兵衛に代って役人に返事をしているのは、この前、東吾がこの店の裏庭でみた赤ら顔のでっぷりした奴で、傍にいた町役人に、

「あれは……」

と訊《き》くと、

「徳兵衛さんの弟の、吉兵衛さんでございます」

という返事であった。

その隣が番頭の六右衛門と手代の茂三郎、少し離れて、これも青ざめて茫然としている四十そこそこの女が、徳兵衛の女房のお冬だと、町役人は低声で教えた。

あとは小僧が二人と、若い女が三人で、

「小僧は長崎屋さんの奉公人でございますが、女たちは近所の娘で、このところ、店が繁昌して居りますので、頼まれて手伝いに来ていたそうで……」

売れに売れた神聖水の売り子にやとわれて来ていたものだという。

東吾は、その女の中に、硝子細工司、雛屋弥助の妹、おせきがいるのをみつけた。

今日は縞の着物に赤い帯を締め、この店の屋号の入った紺の前掛をしている。他の娘も小僧も同様の前掛をしているところをみると、おせきも神聖水の売り場に出ていたようであった。

「その消魔水というのは、誰の註文だったのだ」

取調べの役人の声がして、東吾もそっちに注目した。

「手前、井上寿庵にございます」

ひかえていた慈姑《くわい》頭の医者が頭を下げた。

「本日の午後、尾州様の御重役のおみ足のできものを切開致します予定がございまして」

手術そのものはたいしたことではないが、

「何分、足が御不自由でございますから、手前がお屋敷へ出張致し、手術を行うことになって居りました」

そのため、消毒用の消魔水を一瓶、出がけに長崎屋へ寄って受け取って行こうと、あらかじめ使をやって用意させたのだといった。

「その消魔水の用意をしたのは……」

番頭が固くなってお辞儀をした。

「手前でございます」

長崎屋で扱っている薬物の中でも特殊なもので番頭か、或いは主人の弟の吉兵衛しか手を触れてはいけないことになっている。

「消魔と呼んで居りますのは、これでございまして……」

吉兵衛が奥の薬棚からびいどろの小瓶を出して来た。

神聖水を入れて売っている瓶は細長くて、口のほうが鶴の首のように出来ているが、その小瓶はずんぐりとして口も広かった。中には色のない氷のような結晶《かたまり》が入っている。

「これを、ほんの僅かばかり、細かく砕きまして、温かい湯で溶かします。それに塩を加え、水で薄く致しましたのが、消魔水と申すもので……」

「それは、どの瓶に入れた」

「こちらと同じ形のものでございます」

番頭がなにも入っていない瓶を出した。

神聖水を入れるのと、同じ型のものである。

「まぎらわしいではないか」

役人の声が苛立って来て、番頭はおろおろした。

「それでございますから、瓶に赤い紙を貼りつけまして……」

もともと、消魔水は、医者の大方が粉末のまま買って自宅で作るので、その場合、瓶は必要でない。

「井上先生は患家へお持ちになるため、特にすぐ使えるようにして欲しいとおっしゃいましたので……」

びいどろの瓶には、そういくつもの種類があるわけではないから、とりあえず神聖水と同じ瓶に入れて、消魔水と書いた赤紙を胴の部分に貼っておいた。

「それなのに、どうして間違えて売ったのだ」

「それがわかりませんので……手前がおきましたのは帳場の格子の外でして……井上先生がおみえになってお渡ししようと来てみましたら、見当りませず、店の者に訊いて居りますと、おせきさんが、赤い紙ならここに落ちていると売り場のほうから持って来まして」

役人が女たちを眺めた。

「おせきと申すのは……」

東吾の知っている、あの娘が怯えたように顔を上げた。

「お前か」

「はい」

「赤い紙は、どこにあった……」

「売り場の、神聖水を入れてあった箱の中に落ちていました」

それは大きな木箱で、瓶に詰めた神聖水を運んで来て、からになると売り場の一隅に積んでおき、店がしまってから裏の作業場へ戻すので、おせきがいうには、その積んであった木箱に赤い紙が落ちていたということは、なにかの拍子に紙がはずれたか、誰かが赤紙をはがしたかどっちにしても神聖水として売ってしまったのは間違いなさそうであった。

「消魔水を作って帳場のところへおいたのは何刻頃か」

役人の問いに、番頭が泣き出しそうに答えた。

「井上先生のお使いがありまして、すぐに調製しましたので……」

四ツ半（午前十一時）には出来上っていたという。

「井上寿庵どのが取りに来られたのは……」

医者がきっぱりといった。

「午の下刻（午後一時）でございました」

つまり四ツ半から九ツ（正午）すぎまでのおよそ一刻（二時間）の間に、消魔水の入った瓶は帳場から売り場へ移動したことになる。

「誰か、帳場のところにあった消魔水の瓶をみた者はなかったのか」

返事はなかった。

「では、その時刻、どこにいたか申し述べよ」

「手前は弟と作業場のほうに居りました」

なにしろ、作ったそばから売れてしまうので、神聖水の調合、瓶詰にかかりきりだと徳兵衛がいった。

「番頭も参りまして、三人で……」

昼食は交替ということで、正午に徳兵衛と吉兵衛が住居のほうへ行き、すませて戻って来た時にちょうど井上寿庵が消魔水を取りに来て大さわぎになった。

店のほうは手代から小僧、女達が売り場に出ていて、こちらは三交替で昼飯だったが最初の一組だけしか食べていない。

それだけ、店に客が来ていたわけで、飯に立って行ったのは小僧の松吉と手伝いの女ですぐ隣の荒物屋の娘のおきみであった。

飯に行く時、帳場のところの瓶をみなかったかという問いにも首をひねるだけで、

「気がせいていましたので……」

まっしぐらに台所へ行ってしまったといった。

手代は客の応対で帳場のほうをふりむいてみる余裕はなく、他の女達も同様だったらしい。

徳兵衛の女房のお冬は住居のほうの台所で女中と飯の世話をしていたというし、こうなると、いったい、誰が故意にか、間違ってか消魔水を神聖水として売ってしまったのか、まるで見当がつかない。

「どうにもこうにも、話にならぬな」

苦り切った役人が畝源三郎のところへ来た。

「奉行所へ報告に戻る、あとの詮議を頼むぞ」

源三郎がいささか当惑気味に頭を下げた。

町役人があたふたと見送りに出て行く。

「消魔水だが、みかけは神聖水と同じようなものなのか」

ぽつんと東吾が訊き、番頭と吉兵衛が顔を見合せるようにしてから、吉兵衛のほうが答えた。

「大体、似たようなものでございます」

「匂いとか、味は……」

「それは全く異りますが、はじめて神聖水をお求めになったお方に、それが判りますかどうか」

「消魔水で嗽をするだけで死ぬのか」

それには医者が応じた。

「何分にも薄めてございますから、口をそそぐだけでございましたら……」

すぐに死ぬとも思えないが、

「嚥下《えんげ》したら、とんだことでございます」

帳場と売り場との間には神聖水の瓶を入れた木箱がずらりと並び、その横のほうにはからになった瓶に白い紙が貼ったのが雑多においてある。こっちの紙には註文した人の名前が書いてあって、

「明日までに、新しい神聖水を入れてお渡しする分でございますが……」

こんなことになっては、事件が解決するまで、長崎屋は店を開けることは出来ない。

源三郎が訊いてみると今日、事件が起るまでに売った神聖水の数はおよそ、七十本余り、その他にも風邪薬だの腹薬だの、さまざまの薬を売っているので、店の混雑ぶりはかなりのものだったと思えた。

主人から奉公人のすべてが、お上のお許しが出るまで家から外へ出ないように、源三郎が町役人を通して指示を与え、手伝いの娘は各々の家へ戻した。

大戸は釘づけにされ、看板も下させる。

「東吾さんは、どう思われますか」

万事、処置が終って、外へ出てから源三郎が訊いた。

「単なるあやまちでしょうか。それとも、誰かが、なにかの目的で……」

消魔水を神聖水として売ったことである。

「そいつは、買った奴に異変が起って届け出て来ないとわかるまい」

「死人が出てからでは遅いのです」

「といって、どこの誰が買って行ったか、まるっきり、わからねえんだ」

客は神聖水を買うに当って、自分の名前を書いて行くわけではない。

「早ければ今夜、遅くとも明日の朝には瓦版が出ましょう。それをみて神聖水を返しに来てくれるとよいのですが……」

七十本余りがすべて回収されれば助かるが、双葉町は芝口から金杉橋へ行く道筋の近くで、江戸を発った旅人が、評判をきいてついでに買って行ったりすることもあり得た。

「くよくよしてもはじまらねえ、運を天にまかせるんだな」

浮かない顔の友人の肩を叩いて、東吾は案外、のんきな声で呟《つぶや》いた。

三

一日、二日と過ぎたが、神聖水を飲んで死んだという届け出はない。

「嗽をするだけだと、毒の廻るのが遅いということでしょうか」

「かわせみ」へやって来て、源三郎が憂鬱そうに告げたが、東吾はどこか茫洋とした感じで返事をしない。

更に三日。

「長崎屋のほうはどうなっている」

訪ねて来た源三郎に、東吾のほうから訊いた。

「神聖水を買った連中が、瓦版で知って返しに押し寄せています」

事件のあった日ではない日に買った者までが、気味が悪いといって持って来るが、長崎屋はいやともいえず、金を返しては神聖水を取り戻しているといった。

「それじゃ、長崎屋は潰れるかい」

「そんなことはないでしょう」

源三郎が少し笑った。

「町役人の調べですと、今度の神聖水で長崎屋の蔵には金箱が積み上げてあるそうです」

一瓶二分の神聖水が一日に百本以上も売れていたのだから、その儲けは大変なものであった。

「手前も帳簿をみたのですが、神聖水というのは、ほとんど只みたいなものでして、おまけにびいどろの瓶も、随分と安く買い叩いているようでした」

瓶を作らせていたのは、諏訪町の雛屋弥助というびいどろ細工師だが、

「弥助が長崎へびいどろ細工の修業に行った時、長崎屋の本店で少々、面倒をみたというのを恩に着せて、無理をさせて大量の薬瓶を作らせていたといいます」

東吾が嬉しそうにうなずいた。

「成程、そういうことだったのか」

飯までには帰って来るといにいって、東吾は源三郎を誘って外へ出た。

大晦日まで、あと数日というのに、今日もあまり冬らしくない夕暮である。

まっしぐらに芝口に出て、東吾が諏訪町の路地を入る。

「東吾さん、どうして雛屋弥助の住居を御存じなんですか」

源三郎があっけにとられたが、東吾は木戸を押して庭へ入った。

仕事場にしているらしい掘立小屋で弥助がせっせと働いている。

のぞいてみると、板の上に出来上ったばかりといった感じで、びいどろ細工が並んでいた。

なんともいえない曲線で持ち手と注ぎ口のついた鳥のような恰好のは酒瓶だろうか、その横には細かな切り刻みの模様の入った壺が三つ、そして西洋の盃が五つ。

弥助は炉の前で仕事に夢中になっていて、人の来たのも気がつかない。

「どなたです」

背後から声がして、若い娘が走り寄って来た。おせきである。

源三郎と東吾をみて、はっとした。

「お役人様ですね」

みるみる顔から血の気が引いて行くのを眺めて、東吾は大きく手を振った。

「早とちりをするな。俺は役人じゃない」

「でも、この前、長崎屋にお出《い》でになった」

「あれは、この友達が定廻《じょうまわ》りの旦那なんで、手伝いについて行っただけだ」

「なにを手伝うんですか」

「時には捕物をね」

おせきが身慄いするのをみて、東吾は更に手を振った。

「今日は捕物に来たわけじゃない。びいどろ細工ってのを見に来ただけだ」

仕事場から弥助が出て来た。

「なにか、御用ですか」

東吾は板の上の細工物を指した。

「たいした腕じゃないか」

弥助が恥かしそうにした。

「まだまだですが……」

「こういう細工をおさめる先は決っているのか」

「三島町の小山屋、通称びいどろ屋と申しますお店の御主人が、出来たものはみな持って来るようにとおっしゃって下さいまして……」

「買い取ってくれるのか」

「へえ、俺の仕事を贔屓《ひいき》にして下さるお客様が何人かあるそうでして……」

「そいつはいいな」

壺の模様を指した。

「こんな仕事の出来るのは、何人もいないだろう」

「切子《きりこ》をやるのは、まだ少いので……」

「こんな腕があるというのに、薬瓶なんぞ作らされて、さぞ、じれったかったろう」

弥助が苦笑した。

「ですが、長崎屋さんには御恩がありますので……」

「長崎屋からの註文は、もうないんだろうな」

「年内は店を開けられないそうで……番頭さんの話ですと、来年になって商売のお許しが出ても、神聖水は作らないと……」

「助かったな」

「ですが、消魔水を買ったお客がみつからないで、なんですか、落着きません」

「死人なんぞ出やしないさ」

屈託のない調子で東吾がいった。

「とっくに、長崎屋へ返品してるか、捨てちまったか」

長崎屋では、返品された神聖水をお上の指示で廃棄している。

「ですが、まだ、消魔水が戻って来たって話は聞いていません」

「それじゃ、買った奴が捨てたのさ」

「だといいのですが……」

おせきがそっといった。

「兄さん、仕事しないと、明後日までに小山屋さんへおさめなけりゃいけないから……」

東吾もいった。

「手を止めさせてすまなかった。かまわず仕事をしてくれ。俺達はもう帰る」

弥助がお辞儀をして炉の前へ戻って行き、東吾は源三郎をうながして帰りかけた。

おせきがついて来る。

男二人が木戸を出た時、遂にいった。

「本当に大丈夫でしょうか」

東吾がおせきをみつめ、ああと返事をした。

だが、おせきは思案顔である。

「そんなに心配なら、大川端のかわせみって宿へ訪ねて来いよ。安心なわけを話してやるから……」

「あなた様は……」

「俺は、その宿屋の亭主なんだ」

夕方なら必ず帰っているからといい、東吾はさっさとおせきに背をむけて歩き出した。

「あの娘が、消魔水をどうかしたのですか」

芝口の近くまで来て、漸く源三郎が口を開いた。

「わかったのか」

「わかりませんが、そうとしか考えられませんので……」

「その通りさ」

「どうして、あの娘が……」

いい出して、そうかという顔になった。

「弥助に、いい仕事をさせたかったからですか」

「あれだけの腕を持った細工師が、毎日、なんの変哲もない薬瓶づくりに忙殺されていたんだ。神聖水が売れている限り、冬中、いや春が来たって自分の仕事は出来ない」

「消魔水はどこへやったんですかね」

「そいつは、もしも、おせきがかわせみへ来たら訊いてみよう」

そして翌日、まだ明るい中に東吾が大川端へ戻って来ると、

「お客様がお待ちかねですよ」

るいが悪戯《いたずら》っぽい微笑で告げた。

ひょっとすると、おせきが来ると思い、昨夜、あらましのことは話してあるので、るいは万事、承知している心算《つもり》でいる。

居間へ行ってみると、おせきは固くなってすわっていた。

茶にも、菓子にも手がついていない。

「やあ、来たな」

と東吾がいったとたん、畳に両手を突いた。

「堪忍して下さい。堪忍して……」

必死な目で東吾を見上げた。

「あたしが悪いんです。兄さんはなにも知りません」

「そいつは、昨日、行った時にわかったよ」

「あたしを縛って下さい。兄さんは関係ないんです」

「俺は役人じゃないといったろうが……」

おせきが泣くまいと歯をくいしばった。

「でも、お友達はお役人で……」

「あいつだって、あんたを縛りゃしないよ」

「どうしてですか」

東吾が明るく笑った。

「消魔水は、どこへやったんだ」

「庭に穴を掘って埋めてあります」

「どうやって店から持ち出した」

「お手水《ちようず》に行く時、前掛の下にかくして……」

赤い紙をはずし、朝、瓶を積んで来た荷車の上の籠の中にかくしたといった。

「旨《うま》くやったもんだな」

「夢中だったんです。考えなしにやっちまったんです」

さわぎが起って、神聖水が売れなくなればいいとだけ思ってやってのけた。

「あんな大さわぎになって……瓦版まで出るなんて……」

生きた心地はなかったと泣きじゃくった。

「心配するなよ。長崎屋は阿漕《あこぎ》な商売をして罰が当ったんだ。神聖水の正体なんざ、ただの水に匂いのついただけのものだったんだぞ」

おせきはびっくりした顔で聞いている。

「暮一杯、商売が出来なくなったといったところで、蔵には小判がうなるほどあるんだ」

「それじゃ、お店は潰れませんね」

「潰れるどころか、主人も奉公人も骨休めが出来て、ほっとしてるんじゃないか」

「そうでしょうか」

いくらか表情が柔らかくなった。

「あたし、おとがめを受けなくてすむんでしょうか」

おずおずと訊く。

「病人も死人も出なかったんだ。あんたが、なにをしたって証拠もない」

「でも……」

「俺が知りたかったのは、消魔水の始末さ。安全に捨てられたのなら、いうことはない」

るいが汁粉を運んで来た。

「お宅へ帰るまでのおしのぎに召し上れ」

あなたも如何ですか、とお椀をおかれて、東吾はやむなく箸《はし》を取った。東吾が食べないと、おせきも食べそうにない。

一杯の汁粉を泣き泣き食べて、

「それじゃ、芝口のあたりまで誰かに送らせよう」

東吾の声で、嘉助が帳場から出て来た。

暮のことで、「かわせみ」も客は少い。

「よくよく、兄さん思いなんですね、あの娘さん……」

二人きりになって、るいが牡蠣《かき》の土手鍋を火鉢にかけながらいい、東吾は汁粉を食べたことを後悔した。

元旦。

東吾は早起きして神棚に洗米と水を供え、東をむいて柏手《かしわで》を鳴らした。

るいと夫婦になって最初の正月である。

床の間には、暮に兄の通之進が用人に届けさせてくれた鶴亀の掛け軸がかかって居るし、るいのいけた梅の花がかすかに匂っている。

「あけまして、おめでとうございます」

屠蘇《とそ》の仕度をして入って来たるいが、改まって挨拶《あいさつ》をした。

結い立ての髪に目がいって、東吾はおやと思った。

「その櫛《くし》、びいどろじゃないのか」

前髪に見事な切子細工のびいどろの櫛が光っている。

「昨日、弥助さんがおせきさんを連れて礼にみえたんです」

おせきがなにもかも、弥助に打ちあけたらしい。

「なんにも申しません、この通りですって両手を合せて……あなたにどうぞよろしく申し上げてくれって何度も頭を下げて……」

その時、礼にとおいて行ったのが、このびいどろの櫛だという。

「いいものを貰ったな」

「そんなことをしないで下さいって、お断りしたんですけど、どうしてもっておいて行ってしまって……」

「いいじゃないか、むこうは喜んでいるんだ」

「貰いっぱなしにも出来ませんから、松が取れたら、三島町へ行って小山屋さんで弥助さんの作ったものを、なにか買いたいと思っていますの」

その時は一緒に行って下さいと念を押されて東吾は肩をすくめた。

「結局は、高いものにつくわけだ」

「びいどろのお盃もあるそうですね。それでお酒を召し上ったら……」

「そりゃあ阿蘭陀《オランダ》さんの酒を飲む奴だぞ」

しかし、東吾は屠蘇の盃を取りながら目を細くしていた。

びいどろの櫛を挿した女房とさしむかいで、びいどろの盃で酒を飲む。

「それこそ、びいどろ正月だな」

朝陽が障子にさして来て、穏やかで静かな大川端の元旦である。

黒船稲荷《くろふねいなり》の狐《きつね》

一

「どうして初午《はつうま》がお稲荷さんのお祭なんですか。お稲荷さんなら馬じゃなくて、狐でしょうが……」

黒船稲荷の境内で、るいのお供をして来た女中頭のお吉が盛大にまくし立てた。

初午の日、深川黒船稲荷の境内は参詣客で賑わっている。

神前では町内の子供達が太鼓を打ち鳴らし、歓声をあげているので、余程、大きな声で喋らないとおたがいの耳に聞えない。

「なんですか、ここの神主さんの話だと、稲荷大明神が稲荷山から神馬《しんめ》に乗って降りて来るのが二月の初午なんだそうで……」

もともと相手になっているのは深川長寿庵の長助、お上のお手先を承っている長助にとって深川は縄張り内なので、今日の祭の警固旁《かたがた》、見物に出張《でば》って来ていて、たまたま、お吉にとっつかまったものである。

「だったら、狐はどうなるんですか。お稲荷さんのお使い姫は狐だって……ここのお稲荷さんは知りませんけど、関八州のお稲荷さんの元締だっていう王子稲荷じゃ、十二月晦日《みそか》の夜に全国の狐が集って来て寄合《よりあい》をするんだそうで、王子の森中、狐火がぼうぼう燃えてみえるっていいますよ」

「つまり、晦日に稲荷山へ登って行ったお狐さんが、今日は神馬の尻尾《しっぽ》にぶら下って各々の神社へ降りて来るのさ」

まぜっかえしたのは神林東吾、今日は築地の軍艦操練所の勤務を終えてから、るいの初午まいりにつき合ったもので、久しぶりに着流しの大小落しざし、混雑の中でさりげなく女房をかばいながら、のんびりと歩いている。

「へえ、お狐さんは御神馬の尻尾にぶら下ってお山から来なさるんですか。随分、変ってるんですねえ」

お吉が感心し、東吾がいい気になってつけ加えた。

「だから、世間じゃ少々、変ってる奴のことを、狐を馬に乗せたようだっていうだろうが……」

「本当に、若先生のおっしゃる通りです」

るいがそっと東吾の袂《たもと》を引いた。

「あんまりおからかいにならないで……お吉はすぐ本気にしますから……」

だが、東吾はその時、前方からやって来る一組の家族に注目していた。如何にも裕福な町人一家といった感じで、中央を歩いている小肥りの五十がらみが旦那であろう、その隣に若い頃は少々、美人だったと思える女房、続いて、母親似の娘、髪形からすると若女房といったのが一かたまりになっている少し後を、これは聟《むこ》どのだろう、縞の羽織姿で、拝殿で授かって来たのか、稲の穂に小さな狐の面《めん》をつけた縁起物を下げている。

東吾が不審に思ったのは、その羽織姿の男が突然、立ち止り、茫然自失といった恰好になってから慌てて自分の顔をかくすようにして家族から離れ、人ごみにまぎれ込んで行ったことである。

明らかに出会っては困る人間に会ってしまったという感じなので、東吾はさりげなく自分の後方をふりむいてみた。参詣客がぞろぞろと続いているが、その中の誰が、羽織姿の男の相手かわからない。

で、傍にいた長助に訊《き》いた。

「あそこの一行は、えらく景気のよさそうな家族だが、この近所の者か」

「尾張屋の旦那とお内儀《かみ》さんと娘さん、娘といっても昨年、聟をもらいまして……要助っていう、なかなかの色男ですが……ああ、あそこにいます」

羽織姿の男が石灯籠のかげで一行を待っていて、さりげなく合流して境内を出て行った。

「尾張屋というのは、なんの商売だ」

と東吾。

「呉服問屋でして、門前仲町に大きな店がございます。まあ、越後屋だの白木屋だのには及びませんが、本所深川ではずば抜けていまして関東一円に息のかかった小売りの店を持って居ります。その他に家作や地面も数多く、まあ指折りの金持と申せましょうか」

旦那は半兵衛、女房がおかつ、一人娘がおしま、と、流石《さすが》に縄張り内のことで、長助の舌は滑《なめ》らかであった。

「尾張屋が、どうか致しましたんで……」

長助が問い返し、東吾は笑った。

「なあに、あんまり幸せを絵に描いたような一行だったからさ」

「まあ、幸せでございましょうな」

長助がぼんのくぼにちょいと手をやって、

「金はうなるほどあるでしょうし、商売は旨《うま》く行って居りますようで……娘にも、まあまあの聟が来まして……」

「まあまあの養子なのか」

「旦那は、同業の然るべき大店の次男坊でも聟にしたいと思っていなさったようですが……」

「要助というのは、そうじゃなさそうだな」

「尾張屋から品物を卸してもらいまして売り歩く、かつぎ呉服屋といったところでして」

「娘が惚れたか」

「色男ですから……それに気だても悪くはなく、実直な働き者だと、今のところ、町内の評判は悪くはございません」

「果報な奴だな」

「そりゃもう、町内の若い衆は、みんな羨しがって居ります」

「生国は、どこだ」

「要助でございますか。小田原の在だとか聞いて居りますが……」

拝殿について参拝し、帰りに社務所へ寄って稲穂と狐の面の縁起物を買い、「かわせみ」の一行は長助と別れて大川端へ帰った。

それから十日。

東吾が講武所の勤務を終えて「かわせみ」へ戻って来ると、出迎えた嘉助が、

「長助親分が参って居ります」

という。

帳場のすみに、ちんまりと膝を揃えていた長助が立ち上って、たて続けにお辞儀をし

た。

「お疲れのところをあいすみません。どうも尾張屋に、へんてこりんなことが持ち上りまして……」

「尾張屋か……」

初午の日の光景が脳裡をかすめて、東吾は遠慮する長助を無理に居間へ通した。

炬燵へ入れというのに、長助は律義に部屋のすみにかしこまっている。

「要助っていう聟が、どうかしたんじゃないのか」

るいに着がえを手伝ってもらいながら、東吾が訊き、長助が仰天した。

「若先生は、ご存じで……」

「いや、なんとなく、そんな気がしただけなんだが……」

炬燵にすわると、お吉が茶菓子を運んで来た。

「要助が、いなくなっちまいまして……」

長助が、まるで犬か猫の話のようにいい出した。

「いつの話だ」

「今日で丸三日、行方が知れません」

勧められて、長助は茶碗を取り上げた。お吉が気をきかして、中身は冷酒《ひや》である。

「行った先の心あたりは……」

「まるっきり、ないそうでして……」

「居なくなる前兆のようなものは……」

「そいつ、なんですが……」

初午から四日経った午後に、使が尾張屋へ来たという。

使は堅気の手代といった風体で、人から頼まれたといい、要助に渡してくれと文をおいて行った。

「受け取ったのは、帳場にいた番頭の彦兵衛で、要助はお得意先へ届けものに出かけていたそうですが、帰って来て彦兵衛からその文を受け取るとまっ青になっちまったそうです」

「差出人は」

「なにも書いてなかったそうで……」

「文の内容はわからないのか」

「彦兵衛が、そっとのぞいてみたそうですが、黒船稲荷大明神、と書いてあっただけだと申します」

「お稲荷さんからの文なんですか」

お吉がとんきょうな声を出した時、嘉助が廊下へ来た。

「畝の旦那がおみえです」

「千客万来だな」

東吾が笑い、るいがすぐに出迎えに立って行った。

「長助が来て居りますそうで……」

入って来た畝源三郎が敷居の外から声をかけ、続けていった。

「尾張屋に、要助の女房が訪ねて来たぞ」

二

永代門前仲町の尾張屋は、店のほうは何事もなかったように商売を続けていたが、住居のほうはえらくとり乱していた。

娘のおしまは母親にすがりついて泣いているし、それをなだめるおかつの声も上ずっている。

「これは、どうも御厄介をおかけ申しまして、申しわけございません」

流石《さすが》に半兵衛は大店《おおだな》の主人らしく丁重に畝源三郎と東吾に挨拶をしたが、顔色は悪かった。

「聟が行方不明になったあげくに、聟の女房が訪ねて来たそうじゃないか」

東吾がずけずけといい、半兵衛はちょっと不思議そうな顔をしたが、畝源三郎の同僚と思ったらしく、丁寧に頭を下げて返事をした。

「はい、どうも、とんだことになりました」

さし出したのは半紙をたたんだもので、

「かようなものを持って参りました」

源三郎が受け取って開いてみると、それは祝言の立会人である名主、喜平が、小田原前川村百姓藤兵衛悴《せがれ》、要助と、同じく百姓松吉娘、いねを夫婦にすることを代官所へ届け出た写しであった。

日付は今から五年前の四月になっている。

「いねと申す女は、どこに居るのだ」

源三郎が訊き、半兵衛が離れを指した。

半兵衛の母親が歿《なくな》るまで隠居所に使っていたという離れは六畳と三畳、建物は古びていたが、小ざっぱりと片づいているところに、いねは身のおきどころもないといった恰好でうずくまっていた。

粗末な木綿物で髪の結い方も田舎臭い。だが、顔は色白で、器量も悪くはない。

「お前が、おいねか」

源三郎が前へ廻って穏やかに訊ねた。

「要助と夫婦の契りをかわしていたと申すのはまことであろうな」

おいねは泣きそうな顔で頭を下げた。

「今まで、其方はどこで、なにをしていた」

小田原の平田屋という宿屋で女中をしていたという返事であった。

「要助さんが江戸で働いて、まとまった銭が出来たら迎えに来るというのをたのしみに……」

「どうして、江戸へ出て来たのだ」

「お父つぁんの知り合いが、江戸から知らせをくれました。初午で要助さんをみかけ、どうも様子がおかしいので尾《つ》けて行って人に訊くと、深川の尾張屋さんの養子になっていると……お父つぁんは仰天して、なにかの間違いじゃねえかといいますんで……宿屋のご主人が江戸へ行って、自分でたしかめて来いとお金を下さいましたので……」

おどおどと口ごもりながらいうのが哀れであった。

「いつ、江戸へ着いた」

「今日です、まっすぐ深川へ来ました」

「要助に文を書いたことはないのか」

「ありません」

「要助からの手紙は……」

「ないです」

急に両手で顔をおおい、すすり泣きをはじめた。

娘をそこへ残し、離れから母屋へ戻った。

「要助は、初午で田舎の知り合いに出会い、それで女房のいることが、手前共にばれると思って姿をくらましたのでございましょうか」

腹立たしそうに、半兵衛がいった。

「おそらく、そうだろう」

源三郎が答え、半兵衛が歯がみをした。

「なんという恩知らずな……」

一人娘を傷ものにされ、世間の物笑いになる。

「要助を聟にする時、田舎から親達を呼ばなかったのか」

東吾が口をはさんだ。

「当人が親兄弟はないと申しました。姉が一人、上方へ嫁いで居りますが、普段から文のやりとりもせず、疎遠になっていると聞きまして……別に知らせもやりませんでした」

尾張屋としては、むしろ、聟に厄介な係累のないのを喜んだ節《ふし》がある。

「なんにしても、要助の行方を探すことが先決だな」

尾張屋へ聟に入る前は、どこに住んでいたと源三郎が訊いた。

「江戸に住居はなかったと存じます。かつぎ呉服売りは旅から旅で、手前共でもそうした連中が仕入れに江戸へ戻って参ります時に泊める部屋が店の二階に用意してございまして……」

要助も尾張屋の仕事をするようになってからは、この店へ泊っていたという。

「小田原へ帰ったんじゃございませんか」

長助がいい出した。

「おいねさんとは道中、すれ違いになったかして……」

知人の口から、早晩、自分が尾張屋の聟になっていることが知れると思い、その弁解のために小田原へ行った。

「それなら、なんとか店へ口実を設けて発ちそうなものだが……」

番頭の話によると、要助は普段着のまま、髪結いに行くといって店を出たらしい。

但し、店の金を数えると十両ばかり算盤《そろばん》が合わなかった。

「手紙が来てからというもの、そわそわと落着きませんで……」

「文には黒船稲荷大明神としか書いてなかったそうだな」

東吾が念を押し、彦兵衛が大きくうなずいた。

「若旦那が文を読んでいなさるのを、背中のほうからのぞいてみましたんで、間違いはございません」

彦兵衛はどこかの岡場所から女の誘い文ではないかと疑ったようである。

「要助は、あっちこっちでもてたんだろうな」

「お客様の評判はようございました。ですが、お嬢さんと夫婦になりましてからは、固く暮していたと思います」

「文はどうした」

「若旦那が火鉢で焼いておしまいで……」

「この店の者の他に、要助と親しかった者はいないのか」

独り者時代の友達という意味だったが、番頭は首をふった。

「存じません、どっちかというと、あまりつきあいのないほうだったようでして……」

おしまとの祝言の時も、要助の友人知人として席に連なった者はいなかった。

「ま、もう少し、様子をみることだな」

もし小田原へ行ったのなら、おいねが江戸へ向ったことがわかる。

「放ってもおけないだろうから、ここへ戻って来るだろう」

その上で、談合するより仕方がなさそうであった。

帰りがけに、東吾が半兵衛に訊いた。

「あの娘、どうする」

おいねのことであった。江戸の知り合いに身を寄せる所があればよいが。

「要助が戻りますまで、うちに滞在してもらってはと存じて居ります」

なまじっか、あっちこっちへ行って、家の恥を喋られては、というのが半兵衛の本心とみえた。

門前仲町で長助と別れ、八丁堀へ帰る源三郎と、東吾は肩を並べて永代橋を渡った。

「よくある話ですよ」

源三郎が憮然として呟《つぶや》いた。

故郷に将来を約束した女を残して江戸へ出て来る。

「その時は一旗あげて、女を迎えに行くつもりでも、世の中、そう甘くはありません」

働いても働いても思うように金は溜らず、その中に、別な女が出来る。

「尾張屋の一人娘に惚れられた要助が、おいねを捨てたのは当然かも知れませんよ」

大川の上は、風があった。

「黒船稲荷で、要助が出会ったのは、誰だったんだろう」

ぽつんと東吾がいい、源三郎が笑った。

「おいねがいってたじゃありませんか。初午で、江戸にいた知り合いが、要助をみつけたって……」

「そいつが、小田原へ知らせたわけだな」

初午から十日目である。

文がとどき、おいねが出て来るには充分の時間がある。

「尾張屋へ来た文も、その、江戸の知り合いか」

「腹にすえかねたんじゃありませんか。女房を故郷に待たせておいて、尾張屋の聟になっていることを……」

男なら、ねたみもあるだろうと源三郎はいう。

「男か、そいつは……」

「東吾さんは女だと思っていらっしゃるんですか」

「いいや」

永代橋を下りたところで、東吾は「かわせみ」へ道を折れて行った。

三

中一日ほどして、長助が「かわせみ」へ報告に来た。

要助の行方はまだ知れないが、おいねは尾張屋に厄介になっているといった。

「ものわかりがいいといいますか、いじらしいと申しますか、若《わけ》えのによく出来た娘でして……」

尾張屋では、娘のおしまがどうしても要助と別れるのはいやだといい張って両親を説得してしまった。

「つまりは、金で片をつけたい、おいねに身を引いてもらいたいってことなんです」

「そんな勝手な……もともと先に夫婦になったのは、おいねって娘さんのほうじゃありませんか」

東吾から事情を聞いていたお吉が目を三角にして怒った。

「でも、肝腎の要助さんの気持はどうなんでしょうねえ」

るいが考え深くいい出した。

「もしも、要助さんがおいねさんよりも、おしまさんのほうへ心が動いていたら、無理に戻って来てくれといっても、幸せにはなりませんでしょう」

長助が大きく相槌を打った。

「あっしもそう思うんです。あんまりいい気持のもんじゃござんせんが、一度、尾張屋ほどの大身代の若旦那と呼ばれる身分になってしまったら、そいつを捨てて、田舎の女房のところへ戻りてえとは思わねえのが人情じゃねえかと……」

「尾張屋さんじゃ、要助さんがおいねさんと別れたら、なんにもいわず、今までのように若旦那にしておくってことですか」

忌々しい顔でお吉がいった。

「半兵衛さんにしても腹は立つでしょうが、何分、一人娘に甘い親ですからねえ」

「それで、おいねさんは別れることを承知したんですか」

るいがそっと訊く。

「へえ、ただ、要助から三下り半をもらって帰りてえといっています。一度、切れた縁を元へ戻すのは無理だから、きっぱりと別れるが、何分にも亭主から正式に離縁状をもらって行かねえと、この先、別の相手と夫婦になることも出来ねえし、親も承知するまいからといってます」

それはその通りであった。

まして、狭い田舎では、きちんと離縁状を取っておかないと再縁を世話する人も二の足を踏む。

「では、要助さんの帰りを待っているわけですか」

「そのようで……ただ厄介になるのはすまねえからと、店の掃除だの、一生けんめい手伝っています」

尾張屋のほうも間もなく年一度、恒例の大売り出しがはじまるので、猫の手も借りたい時ではあり、おいねを多少、便利重宝にしているむきもあるらしい。

「全く、要助って人、どこへ行っちまったんでしょうねえ」

お吉が慨歎し、長助はそそくさと帰って行った。

講武所から帰って来た東吾は、るいから長助の話を聞いたのだが、

「その、尾張屋の大売り出しってえのは、いつからなんだ」

と訊いた。

「いつも、二月二十日から五日間でしたよ」

そういうことだけはよくおぼえているお吉が得意そうに返事をした。

「なにしろ、蔵出しっていいまして、普段の値の半分で着物から帯から売り尽すわけですもの、お客は今頃になると指折り数えて待っているんです」

最初の一日目が日頃のお得意様だけに限り、二日目からはどなたでもということなので、近在の呉服屋までがやって来る。

「表に行列が出来るってさわぎなんです」

お吉のお喋りを聞いていた東吾がいつものように茶化さず、真面目な表情でいった。

「するてえと大売り出しの終ったあとは、千両箱がごろごろするわけだ」

「全く、お金のあるところには、お金が集るってのは本当ですね」

お吉が店のほうへひっ込んでから、東吾は暫く考えていたが、

「八丁堀まで行って来る」

飯には戻るといい捨てて、庭から出て行った。

 東吾が訪ねて行った時、源三郎は奉行所から戻ったばかりで、まだ着がえもしていなかった。

　すっかり大きくなった源太郎《げんたろう》が、この正月、東吾が作ってやった独楽《こま》をまことに上手にまわしてみせる。

「こいつはたいしたもんだ。俺よりうまくなりゃあがった」

　源太郎を賞めてやってから、源三郎に早口で告げた。

「念のためだが、小田原まで人をやって調べてもらいたいんだ」

「おいねのことですか」

　打てば響くように、源三郎が応じた。

「源さんもおかしいと思い出したのか」

「三下り半がもらいたいと、尾張屋に居すわっているそうですね」

　要助の行方は知れないのだし、尾張屋との話し合いはついて、金を受け取っている。

「普通なら小田原へ帰って、あとから離縁状を送ってくれというところだろう」

　赤の他人の、それも自分の亭主を寝取った女の家に、長逗留して店の手伝いをしているというのは、いくらお人好しにしても度が過ぎている。

「実をいうと、築地の帰りに、一度、深川へ廻って、おいねが店で働いているのをのぞいてみたんだ」

相変らず木綿物を着て化粧もせず、

「田舎者らしくふるまっているんだが、ありゃあ、在所《ざいしょ》の女じゃねえな」

小田原の宿屋の女中をしていたせいで、少々、垢抜《あかぬ》けたとしても、

「いささか腑におちねえ」

「女にかけては目ききの東吾さんがおっしゃるんですから……おいねはくわせものかも知れません」

「俺の思いすごしならいいんだが、間もなく尾張屋は五日続きの大売り出しに入るんだ」

「早速、調べさせましょう」

小田原の前川村で、要助の親のこと、おいねのこと、

「ついでに小田原のおいねが働いていた平田屋っていう宿も頼む」

「承知しました」

「誰をやる」

「誰彼というより長助に頼みましょう。そのほうが話が早いです」

「俺も長助がいいと思ってたんだ」

奉行所へ戻って、長助の旅立ちのための手続きをするという源三郎と別れ、東吾は兄の屋敷へ寄った。

「まさか、かわせみを追い出されて参ったのではあるまいな」

通之進がそんな冗談をいうのは機嫌のよい証拠なので、東吾は早速、かいつまんで尾張屋の話をした。

「近頃の盗っ人は小細工が旨くなった」

世の中が不穏になって来て、金のある大町人はみんな警戒を厳重にするようになった。盗っ人が入っても、金がすぐにみつからないようにするとか、用心棒をおいている。

「盗っ人のほうも智恵をしぼって、役者顔まけの芝居をするようになった」

つい近頃、品川のほうであった事件では、

「然るべき寺の役僧と名乗る一行が京へ持って行く進物を調達しに参ったと、豪商の店へ参ってな。蒔絵《まきえ》の手箱やら、金銀の細工物など高価なものばかりをえらび出し、代金は寺で支払うと、街道より少し入った寺の門前まで行って、店の手代を待たせ、彼らは品物を持って門内へ消えたそうじゃ」

「やられましたな、籠抜けでしょう」

東吾が兄の話の先くぐりをした。

「欺されたほうも用心していなかったわけではない。だが、盗っ人のほうが役者が上だった」

「もしも、手前の見込み通りならば、盗っ人がねらっているのは、尾張屋の大売り出しの千両箱です」

「間に合うか、長助が……」

江戸から小田原まで二十里二十丁、普通に行けば二日の行程であった。

どう急いでも往復で三日、むこうで調べる時間がどのくらいかかるものか。

尾張屋の大売り出しは、明日からであった。

四

長助が勇んで旅立って行ってから、東吾は落着かない気分で勤務の終ったあと、深川へ立ち寄った。

長助の留守は、若い衆の辰吉というのが尾張屋を見張っている。

二十三日の夕方、東吾が長寿庵で一杯飲んでいると辰吉が来た。

「尾張屋はよく売れています」

大体のことを聞かされている辰吉は緊張していた。

「この節、ものの値上りがひどいんで、銭で持っているより、品物に代えたほうがいいっていう奴が多いんで……」

それでなくとも半値の大安売りである。

「みんな、でっかい包を背負って帰ります」

その分だけ、尾張屋の金箱が重くなっていることになる。

「おいねに変ったことはないか」

「よく働いていますよ」

客に茶を運んだり、座布団を出したり。

「田舎者にしちゃあ、よく気がつく女で……」

東吾から茶碗に酒を注いでもらって、大事そうに飲みながら、辰吉がいった。

「在所じゃ、おいなりさんってのは、食えないもんですかね」

「稲荷鮨《ずし》のことか」

飯を油揚にくるんだおいなりさんは盛り場などでよく売っているし、夜更けの町にも、

「おいなりさあん」

という独得の売り声で流して歩く。

「おいねが好きなんですよ」

店が閉って大戸も下りた夜更けに深川門前仲町あたりは岡場所も近いから、食べもの売りは比較的、よく通る。

「おいなりさあんって奴が来ますと、おいねが裏口から出て来て、一包買うんです」

「いつの話だ」

「あっしが張り込みをしてから毎晩です。よっぽど、おいなりさんが好物のようで……」

東吾がうなずいた。

「よし、今夜は俺も張ってみよう」

一度、「かわせみ」へ戻って、時刻を見はからって深川へ来た。

尾張屋は表通りの大店の中でも、ひときわ広い店がまえである。

無論、大戸は下りていて昼間の繁昌ぶりが嘘のようにひっそりしている。

仮に、盗賊が尾張屋の銭箱をねらっているとすれば、二十四日、大売り出しがすべて終った夜と思われるが、だからといって今夜が安全無事とは限らない。

東吾は辰吉と一緒に尾張屋の斜め前の茶店へ入った。

これは昼間しか商売をしないので、夜は店の前に葭簀《よしず》を廻らして縄で縛ってある。

その葭簀越しに尾張屋を眺めていると、やがて、

「おいなりさあん」

という間のびのした売り声が近づいて来た。

「若先生、おいねが出て来ました」

辰吉が低声《こごえ》でささやく。

裏口のくぐりを出て、女が稲荷鮨売りに近づいた。銭を渡し一包を受けとって、さっさと戻って行く。

なんと思ったのか、東吾が急に茶店を出て稲荷鮨売りの行く手に立った。

「一包、くれないか」

財布を出して銭を数える。

鮨売りは中年の男であった。手拭をたたんでのせた頭がやや禿げ上っている。

「あいすみません。今ので売り切れましたんで……」

「売り切れか」

「へえ、あいすみません」

「それは残念」

東吾が財布をしまうと、鮨売りは佐賀町のほうへ早足で歩いて行く。

暗い路地へ戻って、東吾が辰吉に命じた。

「あいつを尾けろ。俺はここで尾張屋を見張っている」

「合点《がってん》です」

辰吉が馴れた足どりで姿を消すと、間もなく畝源三郎が来た。

「長寿庵へ行ったら、東吾さんが張り込んでいるときいたので……」

小田原へ行った長助は、まだ帰って来ないといった。

「まあ、四日では無理でしょう」

だが、明日で尾張屋の大売り出しは終る。

源三郎に稲荷鮨売りの話をした。

「成程、そいつが外との連絡係ですか」

辰吉がうまく尾けられればいいと思ったのだが、待つこと二刻。

「あいすみません。しくじりました」

精も根も尽き果てたといった恰好で、辰吉が戻って来た。

寒夜なのに、びっしょり汗をかいている。

本所横川町のあたりまで行って、角をまがると姿がみえなくなっている。

「長助親分から、そういう時は慌ててとび出しちゃならねえ、物かげで息をひそめて相手の出方を探れといわれて居りますんで……」

暫《しばら》くじっとしていてから、要心深く路地から路地をしらみつぶしに廻ってみたのだが、人間の気配はどこにもない。

「あきらめ切れねえで、小名木《おなぎ》川のところを行ったり来たりしたんですが……」

「先方は、お前が尾けてることに気がついたのか」

源三郎が訊き、辰吉が否定した。

「気づいちゃいねえと思います」

最初は何度もふりかえったが、途中からは安心したように道をひたすら急いだ。

「敵の巣は、案外、本所、小梅村とか柳島村とか、あの辺りですと無住の寺などもありますし……」

夜があけて来てから、源三郎と東吾は辰吉をねぎらって長寿庵へひき上げた。

蕎麦屋はもう準備にかかっていて、長助の女房が気をきかせて、蕎麦と熱燗の酒を運んでくれる。

がらりと表の障子が開いて、ふりむくと長助であった。

夜旅をかけて帰って来たもので、流石に足許はふらふらしているが、東吾と源三郎をみると威勢よく叫んだ。

「小田原まで行った甲斐がありましたぜ。あいつら、とんだ食わせ者でさあ」

辰吉が湯を桶に汲んで来て、長助の冷え切っている足を洗い、長助は酒を断り、そのかわりに蕎麦湯を旨そうに飲んだ。

「まず、お話し申します」

一息ついて、長助は東吾と源三郎へ向き直った。

「まず、前川村でございますが、これは小田原宿より三つ手前の宿場で、左の海手のほうを袖司ヶ浦と申しますところでして……」

前川村の名主は、喜平という名前ではないと長助はいった。

「おまけにどうたずねましても百姓、藤兵衛と松吉も居りません」

いや、松吉という名の人間はいたが、

「五つの子供でございまして……」

つまり、おいねが尾張屋でみせた婚姻のお届けに出てくる名主の喜平も、要助の父親だという藤兵衛も、おいねの父親、松吉も、みんな嘘っ八ということになる。

「前川村の名主は芳次郎といいまして、五十八になる、大変、親切な人でして、随分と調べてくれましたが、ここ十五、六年、村を出て行った者は一人も居りませず、要助にもおいねにも心当りがないといわれました」

それから小田原へ出て、

「驚いたことに、平田屋と申す宿屋はございませんでした」

小田原の宿という宿を訊いて廻り、本陣まで訪ねたが、この月になって暇《ひま》を取った女中もなければ、おいねに該当する者もいない。

「その中に、本陣の番頭で八十次郎さんと申す方が、平塚に平田屋という宿があるといい出しまして……」

長助は小田原から平塚へおよそ五里ばかりの道をひき返した。

「たしかに、平塚に平田屋という宿屋はございました。主人は惣左衛門と申しまして……」

おいねの話をする中に、ひょっとすると、それは高麗寺村にいたおいねのことではないかといい出した。

「そのおいねは今から八年前に村を出奔《しゅっぽん》したそうですが、札つきの悪《わる》で、盗みは働く、男は欺す……もっとも、親が早くに死んで身よりがなかったってこともあるんでしょうが、十三、四から手がつけられないあばずれだったようで、とうとう寺の金を盗み、とり返そうとした和尚を棍棒でなぐりつけ、大怪我をさせたあげくに、村を逃げ出したんだそうです」

無論、代官所から追手が出たが、結局、捕まらず、今もってどこで何をしているかわからないという惣左衛門の話であった。

「村を出たのが十八と申しますから、今は二十六になっている筈ですが、小柄で顔が子供っぽいので五つも六つも若くみえる筈だと」

尾張屋にいるおいねは、このおいねに違いないと長助もいい、源三郎も東吾も同感であった。

「おいねが盗っ人の仲間ということは、まず、これで間違いはありますまいが、要助のほうはどうなんでしょうか」

初午の黒船稲荷の雑踏で、誰かに会って仰天したということは、彼も昔、盗っ人仲間だったのか。

「おそらく、そうだろう。なにかで仲間がてんでんばらばらになり、要助はかつぎ呉服売りをして世間の目をごま化している中に、尾張屋の娘に惚れられて聟になった。盗っ人の足を洗ったつもりだったのに、運悪く昔の仲間にみつかってしまった」

「すると、要助は昔の仲間に戻ったので……」

「そうじゃなかろう。仲間に戻ったのなら行方をくらますことはない。尾張屋の若旦那のままで、仲間の手引きをすりゃあいいんだ」

おそらく、仲間に呼び出され、殺されたのではないかと東吾はいった。

「なんにしても、今夜は捕物だぜ」

二月二十四日の朝であった。

東吾は「かわせみ」へ戻ってから、築地の軍艦操練所へ出かけ、午後には「かわせみ」へ戻った。

源三郎は長助を休ませて、奉行所へ行って手配をすませる。

そして夜半、本所の栄泉寺という荒れ寺を出た黒い影が五人、まっしぐらに深川へ走った。

尾張屋の裏口に勢ぞろいして、軽く戸を叩く。待っていたように、おいねがその戸を開けて顔を出したとたん、あっと叫んで表によろめき出た。

家の内側から、おいねの肩を突き、のっそりと出て来た東吾が後手に戸を閉める。

「ほう、今夜は稲荷鮨を買うんじゃなかったのか」

東吾がいつもの声で笑って、五人の男達《とも》が抜刀した。

とたんに闇の中から捕物提灯が次々と点されて、

「御用だ」

長助の張り切った声が夜の中に響いた。

乱闘は僅かの中に片がついた。

男五人とおいねが捕縛され、源三郎が捕方を指揮して曳《ひ》いて行く。

長助は後始末に尾張屋へ残り、東吾はまっしぐらに「かわせみ」へ帰った。

更に二日、お裁きが下りて五人は断罪、おいねは遠島になった。

「数年前に日本橋の布袋屋《ほてい》を荒した一味があって、首領の甚七というのだけが捕まってあとは逃げられた事件がありました」

源三郎がかかわり合った事件ではなかったが、今度、召捕った五人とおいね、要助もその一味であった。

「首領が獄門になったので、一味は金を分け、それぞれに逃亡したわけですが、その連中がほとぼりのさめるのを待って少しずつ、江戸へ舞い戻って来て、また組んで仕事をはじめたようです」

要助だけが仲間からかくれて、尾張屋の若旦那におさまっていた。

「たまたま、初午でおいねが仲間の仙二郎という男と、つまりおいねはこいつの色女だったんですが、参詣に来て、要助をみつけたものです」

早速、要助を呼び出して、尾張屋を襲う話をしたが、どうも気の進まない要助をみて殺害した。

「要助にしてみりゃあ、なにも盗っ人に入らなくたって、自分のものになる尾張屋の身代ですから、煮え切らないのが当り前です」

要助の死体は栄泉寺の空井戸の中から発見された。

「しかし、おいねっていうのは、よく化けたものです。二十六の大年増が、どうみても十八、九の小娘なんですから……」

舌を巻いている源三郎に東吾が笑った。

「化けるのが上手くて当り前さ。あいつはそもそも狐なんだ」

要助が彼女にみつかったのが、黒船稲荷の境内で、名前がおいね、おまけにおいなりさんが大好きときたら、稲荷大明神のお使い狐に違いない、と東吾がいい、お吉がもったいないことをと慌てて手をふった。

「冗談じゃありませんよ、お稲荷さんをこけにして、罰が当ったら、どうなさるんです」

明日は黒船稲荷へ油揚を供えて、あやまりに行って来ますと真顔でいう。

「どうでもいいが、俺は腹が減った。誰でもいいから、おいなりさんでも買って来ないか」

如月《きさらぎ》も間もなく終ろうとする夜、「かわせみ」の居間は、まことに賑やかであった。

吉野屋《よしのや》の女房《にょうぼう》

一

毎年、二月二十五日から三月二日まで、日本橋十軒店《じっけんだな》町に雛《ひな》人形の市が立つ。日本橋本町と石町の間の大通りだが、人で身動きが出来ないほどの混雑で、雛人形を買う客よりも見物のほうが多い、江戸の名物市の一つであった。

るいが、その雛市に出かけることになったのは、畝源三郎の妻のお千絵《ちえ》が知人に贈る人形を見て欲しいと頼んで来たからである。

知人といっても、源三郎には上役に当る岩谷平蔵という同心の孫娘の初節句の祝物で、源三郎が平蔵から訊《き》いて来たところによると、すでに雛人形は用意しているので、もし、祝ってくれるなら鶴亀の一対の人形をと、ざっくばらんな註文であった。

岩谷平蔵というのは定廻《じょうまわ》り同心の中でも温厚な人物で、畝源三郎はもとより、神林東吾も昵懇《じっこん》にしている。

で、るいはお千絵の依頼をひき受けて、一緒に大川端を出て来たのだが、雛市の人出は予想以上のものであった。

出がけに、嘉助とお吉が、

「雛市は掏摸《すり》が多いそうでございますから、手前共がお供をしたほうが……」

と心配したのだが、たまたま、その日の「かわせみ」は遅発《おそだ》ちの客が多く、それに挨《あい》拶《さつ》をしていると、東吾が帰って来る時刻までに大川端へ戻れない心配があるので、るいは二人に客の応対をまかせ、従って、供は要らないと断って日本橋へ来た。

雛市で人気があるのは、今から五、六十年も前に原舟月という人形師が創作したといわれる古今雛で、江戸は決して景気のよい御時世とはいえないのに、けっこう高価なものが売れている。

二、三軒みて歩いて、るいとお千絵は能装束に鶴と亀の冠をつけた愛らしい人形を買った。

ちょうど、この界隈《かいわい》を縄張りにしている岡っ引の吉蔵というのが、畝源三郎から手札をもらって居り、お千絵の顔を見知っていたところから、人ごみをかきわけるようにして挨拶に来た。

「なにしろ、この人出でございますから、なにかあっちゃあいけねえと、出張《でば》って来て居りますんで……」

しかし、自分のところの若い者が大勢いるので、人形は彼らに八丁堀まで届けさせると、いくらお千絵が辞退してもきかない。

その中に、店のほうでも客の身分に気がついて、

「それでございましたら、手前共がお届け申します」

ということになってしまった。

吉蔵は得意顔で十軒店町を出はずれるところまで送って来て、

「どうぞ、旦那によろしくお伝え願います」

と混雑の中へ戻って行った。

「どうしましょう。旦那様に叱られてしまいます」

お千絵は有難迷惑な口ぶりだったが、反面、奉行所の花形といわれる定廻り同心を夫に持った妻の誇らしさものぞいている。

「おるい様、その先に知り合いの店がございますから、一休みして参りましょう」

玉鮓《たまずし》といって、手毬《てまり》のような形に作った鮓が評判だと、いそいそと先に立つ。

そのあとに続きながら、るいはふと一軒の店の前で足を止めた。

それは、年代ものの雛人形を扱っている店であった。

身分のある人が娘のために註文した雛人形とか、或いは裕福な人が上方から求めて来たのが、なにかの事情で手放されて、この店に並べられているので、内裏雛《だいりびな》の一対から、三人官女、五人囃子、仕丁など、ばらばらに売られている。

人形だけではなく、雛道具も数が多かった。長持やら火鉢やら、雛用の椀や高坏《たかつき》など、こまごまとしたものが緋《ひ》毛氈《もうせん》の上に、ところ狭しとおいてある。

るいが目を止めたのは、一尺ばかりの高さの雛箪笥《だんす》であった。あでやかな漆塗りに木目が浮き上って、ひき出しの小さな環の細工が可愛らしい。

「お千絵様、待って下さいまし」

と呼び止めておいて、るいは店へ入った。

他にも客がいて、若い手代が内裏雛をみせている。そちらの済むのを待っていると、店の奥から、

「なにか、お気に召しましたか」

つつましやかな声がかかった。

紫の梅の花柄の小紋に黒繻子《じゅす》の帯を締めているところをみると、この店のお内儀《かみ》か、年は三十そこそこでもあろうが、若作りの化粧がよく似合う、色っぽい女であった。

るいが少し、どぎまぎしながら、雛箪笥の価を訊くと、その女は手代を呼び、低声で確かめてから、二分《にぶ》だといった。

ちょうど持ち合せがあり、小さな雛箪笥としては安くもないが、気に入っていたので、るいはそれを求めた。

「おるい様の雛飾りに、よく合いそうでございますね」

お千絵にも悪くない買い物だといわれて、るいはそれを風呂敷に包み、そのあと立ち寄った玉鮓で土産用の折詰を作ってもらい、駕籠《かご》で大川端へ戻って来た。

東吾は、たった今しがた帰ったという恰好で帳場の嘉助と立ち話をしていたが、るいをみると、

「雛市へ行ったんだって……」

人ごみにもまれて、さぞ疲れたろうと優しい口調で労《ねぎら》ってくれた。

「岩谷の爺さん、孫娘が生まれて、又、一段と好々爺《こうこうや》になっちまったそうだ」

いい人形がみつかったかと、るいの肩を抱くようにして奥へ入って行く東吾を、嘉助もお吉も嬉しそうに見送っている。

東吾に着替えをさせ、煎茶をいれてから、るいは玉鮓の包を開けた。

「こいつは旨そうだ。嘉助とお吉も呼んで、一緒につまもう」

東吾が自分で手を叩いて、二人を呼び、お吉が、

「でしたら、お皿とお箸《はし》を取って来ます」

あたふたと出て行き、戻って来た。

ひとしきり、雛市の話をしたついでに、るいは風呂敷包をほどいて、買って来た雛簞笥をみんなにみせた。

「随分、よく出来ていますね。まるで本物そっくりじゃありませんか」

早速、お吉が感心し、東吾も、

「こりゃあ、いいじゃないか」

と賞めてくれた。

で、るいは、その小さなひき出しを一つ一つ開けてみた。持って帰る途中、ひき出しが開かないように、中には和紙を丸めたようなのがつめてある。それを取り除いて行くと、一番下の段に、折りたたんだ手紙のようなものが入っていた。

何気なく開いてみて、るいはどきりとした。

それは恋文であった。

差出人は、初《はつ》、宛名は儀兵衛さま、とある。

「なんだ。そいつは……」

東吾が訊き、るいはためらいながら手渡した。

「可笑《おか》しなものが入っていたもんだな」

ざっと目を走らせて東吾が苦笑したのは、その恋文の内容が、かなり露骨に男女の媾《あい》曳《びき》の思い出を書いていたせいである。

「どうしましょう」

当惑して、るいは東吾に相談した。

「人様のお文が、こんな所に入っていたなんて……」

「いったい、誰が入れたのか」

この雛簞笥を買った店の誰かの恋文か、それとも、元の持ち主が入れたまま、うっかり手放したのか。

「どっちにしたって、るいのせいじゃねえんだ。気がついて取り返したけりゃ、その中、誰かが、なんとかいって来るだろう」

東吾はむしろ面白そうで、恋文を元のように、ひき出しにしまっておけという。

「なんだか嫌な気持です」

折角の雛簞笥が、下品な恋文のせいで、急に汚ならしくみえて来て、るいは悲しくなった。

こんなものを買わなければよかったとしきりに思う。

その日は、それっきりだったが、翌日の午後、嘉助が、

「十軒店町の吉野屋のお内儀さんが訪ねて参りましたが……」

と取り次いで来た。

「昨日、お嬢さんが雛簞笥をお買いになった店じゃございませんか」

嘉助にいわれるまでもなく、るいもおそらくと気がついていた。

雛簞笥を求めて店を出るまでの間に、

「お差支えなければ、お客様のお住いを……」

と訊かれて、別にかくすこともなく、

「大川端町のかわせみでございます」

と返事をしていた。

してみれば、吉野屋のお内儀が、かわせみへ訪ねて来ても不思議ではない。

嘉助が居間へ案内して来たのは、やはり、昨日のお内儀であった。

今日は縞の着物に、利休茶に笹の柄の小紋を重ね、翁格子の帯を結んでいる。

「昨日は、手前共の店へお立ち寄り下さいまして、ありがとう存じました」

吉野屋の女房、お多加と名乗ったあとで丁寧に礼を述べ、るいの挨拶を待たずに続けた。

「折角、お買い上げ下さいましたのに、まことに申しわけございませんが、本日、主人が旅先より戻りまして、あの雛簞笥は、すでに或るお方とお約束が出来ていたと申します。お恥かしいことに、私も手代も、それを失念して居りまして……」

つまり、売約済みのものを、るいに売ってしまったので、なんとか返してもらえないかということであった。

「よろしゅうございますとも。そのようなことでしたら、私のほうは一向にかまいません。お返し申しましょう」

茶を運んで来たお吉にいって、離れのほうから例の雛簞笥を持って来させた。

「念のため、お改め下さいまし」

お多加の前へおくと、相手は別にひき出しを開けようともせず、

「ありがとう存じます。本当に御迷惑をおかけ致しまして、なんとお詫びを申してよいか……」

代金の二分と手土産の菓子折をおいて、雛簞笥を抱え、そそくさと帰って行った。

「やっぱり、取りに来ましたね」

客の姿がみえなくなると、一番にお吉がいった。

「売る相手が決っていたなんて大嘘ですよ。あの恋文に気がついたんです」

るいも、それに違いないと思ったのだが、

「でもね、お内儀さんの名前は、お多加さんとおっしゃるそうですよ」

恋文を書いた女の名は、初であった。

宛名は儀兵衛。

「吉野屋の旦那の名前は、なんていうんですかね」

首をかしげている所へ、東吾が畝源三郎と入って来た。

「雛簞笥を取りに来たって……」

というところをみると、帳場で嘉助に聞いたらしい。

「源さんに調べてもらったんだが、吉野屋の亭主は儀兵衛というそうなんだ」

今朝、講武所へ出かける前に八丁堀へ寄り、畝源三郎に雛簞笥の話をしたという。

「お千絵に訊いて、大体、店の見当がつきましたので、町廻りのついでに吉蔵を呼びまして……」

るいが雛簞笥を買ったのは吉野屋と判断して、その家族の名前を訊いて来たと、源三郎は懐中から半紙を出した。

「主人は、今、東吾さんがおっしゃった通り、儀兵衛といいまして、今年四十になったそうです。女房がお多加、なかなか色っぽい美人だといいますが、夫婦の間に子供はいません」

店がこぢんまりしているので、奉公人は手代の伊助、女中のおまさの二人きり。

「まあ、いってみれば古道具屋のようなものですから、始終、客が押しかけるわけではありません」

源三郎が、今日、吉蔵に訊いたところでは、主人の儀兵衛は足利のほうの旧家で、いい雛人形を手放すという話があり、それを見るために出かけていて、午すぎに店へ戻って来たばかりであった。

「そうすると、あの恋文は、旦那のところへ来たものだったんですね」

お初という女からもらった恋文を、儀兵衛がうっかり商売物の雛簞笥にかくしておいたのを、女房が知らないで売ってしまった。

旅から戻って来た儀兵衛は驚いて、先約があるといって、雛簞笥を取り返させた。

「お内儀さんは、あの雛簞笥に旦那の恋文が入ってること、知ってたんでしょうかね」

お吉は好奇心一杯に膝をのり出して来る。

「どう思いますか。東吾さん」

源三郎が訊き、東吾がるいのほうをむいた。

「うちの内儀さんのみたところでは、どうだったかな」

るいが考え込んだ。

「ひき出しに全く手も触れなかったのは、そこに大事なものが入っていることを御存じなかったのか、或いは知っていて、わざと私達の前で開けようとはしなかったのか……」

どっちにも取れるお多加の様子であった。

「儀兵衛って旦那も不要心じゃございませんか。自分宛の恋文の入ってる簞笥を、お内儀さんに取りにやらせるってのは……」

嘉助が口をはさむ。

どうも、こういうことになると、「かわせみ」は商売ほったらかしで、みんなが夢中になってしまう傾向がある。

「旦那は自分で取り返しに行こうと思ったが、女房のほうが自分が売ったんだから自分が行くといって、さっさと出て来てしまった。旦那はなまじっかのことをいうと危いし、よもや、女房がひき出しまで開けはするまいと高をくくって、といったところでしょうかね」

源三郎も面白そうであった。

まず、女房にばれたところで盛大な夫婦喧嘩程度の事件であろうから、この時点で「かわせみ」の面々も、源三郎ものどかな口調であった。

「お初ってのは、どこの女ですかね」

お吉が目を輝かし、

「大方、岡場所の女か、茶屋女か芸者ってところだろうなあ」

という東吾の意見にみんながうなずいた。

「ま、黒船が来る御時世に、のんきな奴らだぜ」

「その、他人の色恋を面白がって、とやかくさわいでいる我々は、もっと能天気《のうてんき》という
ことになりますな」

久しぶりに東吾と酒を飲み、世間話をして、源三郎は満足した顔で帰って行ったのだ
が。

二

るいが雛飾りを片づけてから五日目の三月八日の朝、長助が「かわせみ」へとんで来
た。
「畝の旦那から、とりあえず、若先生のお耳に入れるよう、ことづかって参りましたん
で……」
吉野屋儀兵衛と翁屋の女主人、お初が洲崎の弁財天の社《やしろ》で心中をした、という。
「洲崎なら、つい近《ちか》まだ。ちょいと寄ってから築地へ行くよ」
東吾は長助と一緒にとび出して行った。
「翁屋っていいますと、多分、十軒店町の雛人形屋の翁屋じゃねえかと思います

が……」

嘉助にいわれて、るいも雛市の時、とりわけ、客が多かった翁屋を思い出した。

番頭やら手代やら、かなりの数の奉公人がてきぱきと働いている中に、すらりと背の高い、若い女が愛想よく客をもてなしていた。

あの人が、吉野屋儀兵衛へ恋文を送ったお初とは、いささか信じられない気がする。

午近くなって、長助が「かわせみ」へ来た。

「十軒店町界隈は、昨日っからえらいさわぎだったそうでして……」

雛市が無事に終って、その慰労というか、気晴らしの意味もあって、同業の中、親しくしているのが、誘い合せて潮干狩に出かけたのが昨日で、

「いつもなら、ちっと早いんですが、今年は初午からこっち馬鹿陽気でして……」

例年よりも早く訪れた春に浮かれて、舟遊び旁《かたがた》、潮干狩と、奉公人から女子供まで、各々に舟を仕立てて洲崎の沖へ出た。

潮が引いて、そこここに干潟が出来ると大きな貝が面白いように熊手にひっかかる。水たまりには潮と一緒に逃げそこなった魚がはねているし、海からの風は寒くもなく、みんな、夢中になって小半日を過したのだが、ふと気がついてみると、翁屋のお初の姿がみえない。

もっとも、潮干狩といっても、最初から舟には乗らず、洲崎の浜に陣どって、もっぱら酒を飲んだり、飯を食ったりしている連中もいたし、沖へ出ても貝拾いに飽きて、浜

へ戻りたがる者もあって、舟は始終、浜と沖の干潟を往復していたので、お初がそうした舟で浜へひきあげたかも知れないと、船頭に訊いてみると、これがどうもよくわからない。

それも無理のないことで、潮干狩の連中はみんな日射しを避けて手拭をかむったり、笠をつけたりしている上に、着物の汚れを防ぐために、高く裾をはしょって、町内の揃いの半纏《はんてん》を女も上っぱりがわりにしていたから、大体において見分けにくい。船頭は一行の人々の顔を全部、知っているわけでもなく、客が乗る度に名を名乗りでもしない限り、どこの誰を浜へ送ったか記憶のしようもなかったのだ。

ともかく、干潟にいないのなら、浜に違いないと戻って来たが、浜のあちこちで酒盛りをしている中にも、お初はいなかった。

では、家へ帰ったのかと、小僧が日本橋まで走らされたが、それも無駄足になった。

翁屋が女主人を探してわいわいやっている中に、今度は吉野屋の儀兵衛がいないという声が上ったが、こちらは男のことで、まわりもそれほど心配しなかった。

潮干狩や舟遊びに女房が気をとられている中に、近くの深川あたりの馴染の女のところへ顔を出したり、仲間を誘い合せて、深川の料理屋へ出かけたりするのは珍しいことではなく、実際、その日も何人かしめし合せて洲崎を脱け出した者があったから、案外、儀兵衛もその連中と一緒かも知れないと考えて、むしろ、あまりさわがないほうがよいと思った者が多かったようであった。

すでに沖は潮が満ちて来て、干潟は海になって居り、陽がかげると、なんといっても弥生のはじめで、どことなくうすら寒く感じられて、一行はぞろぞろと日本橋へひきあげた。

おそらく、お初は深川の富岡八幡へでもお詣りに行ったか、門前町で買い物でもしているかだろうと、大方が想像し、翁屋の店の者も心配はしながらも、まさか、命に別状があるとは思いもしなかった。

けれども、夜になってもお初は帰って来ない。あちこちの知り合いへ使を走らせたりしてみたが、どこにもお初は立ち寄っていなかった。

なすすべもなく夜があけて、

「みつけたのは、弁天様へお供物を持って来た神主でして……」

毎朝、新しい水と米と塩を供えに来るのだが、お堂の中へ入ってみると弁財天の像の後のところに、人の倒れているようなのが見え、近づいてみると、男と女の死体であった。

「それでまあ、大さわぎになりまして、最初は身許がわからなかったんですが、深川の船頭で前日の潮干狩の舟を出した奴が、そういえば、誰かがいなくなったと探していたと申しまして、十軒店町へ知らせせました」

翁屋のほうはお初が行方知れずで、もしやと洲崎へかけつけてみたところ、それがお初だけではなく、吉野屋の旦那まで一緒に死んでいたとなって、天地がひっくり返るほど驚いた。

「うちの旦那は十軒店町のほうへお出ましでして、その……若先生も築地のほうのお仕事がお済みになり次第、日本橋へ来て下さることになって居りますんで、そこんところを何分、申しわけございませんが……」

長助は、ぼんのくぼに手をやりながら、たて続けにお辞儀をした。

実際、東吾は軍艦操練所の勤務が終ると、大川端を右にみながら、まっしぐらに日本橋へとんで行った。

町の辻に、長助が立っていて、源三郎は番屋で町役人《ちょうやくにん》と話をしているという。

「お屋敷のほうには、ちょいと遅くなると、お伝え申して参りました」

東吾がるいと夫婦になって「かわせみ」で暮すようになってから、この律義な岡っ引は「かわせみ」のことをお屋敷と呼んでいる。

番屋から源三郎が出て来た。

「翁屋と吉野屋について、町役人に話を聞いていたのですが……」

翁屋のほうは十軒店町でも指折りの老舗で客筋もよいが、同じ、雛人形を扱っていても吉野屋は、

「古いものを商いますので、派手な店ではありません」

店の格も資本も、翁屋とは比較にならないほど小規模だといった。

「肝腎の儀兵衛とお初の仲は、どうなんだ。町内でも噂にはなっていたんだろうな」

東吾がいい、源三郎が軽く首を振った。

「それが反対なのです。二人の心中に関しては、誰に訊いても、なにかの間違いではないのかと……、余程、うまくやっていたのだと町役人も感心しています」

「死因は、なんだった」

「石見《いわみ》銀山のねずみ取りだろうと……」

人形を扱う店で、なによりも恐れるのは、ねずみにかじられることであった。

「十軒店町の店では、どこも石見銀山のねずみ取りを使っているそうで……」

肩を並べて大通りを歩き出した。

「源さん、まず、翁屋から行ってみたいが……」

「いいですとも」

翁屋は大戸を下し、忌中の張り紙が出ていた。

あたふたと入って行く弔問の客の中には、女主人がなんで歿《なくな》ったのか知らずにかけつけた者も少くないらしい。片すみでひそひそと話し合い、顔色を変えている。

吉蔵が心得て、源三郎と東吾を裏から家の中へ入れた。

店の奥が住居で、店がまえも立派だが、住み家のほうも檜《ひのき》作りの金のかかった建築である。

庭に茶室があり、源三郎と東吾はそこで大番頭の宗右衛門に会った。

五十のなかばだろうが、雛人形屋の番頭にふさわしい公卿《くげ》顔の、それにしては腰の低い男である。

「当家は女主人だそうだが、後家になって何年になる」

東吾の問いに番頭は顔を上げた。

「今年の六月が三回忌でございます」

「あとつぎはなかったのか」

「歿ったお内儀さんが二度、流産をなさいまして、それっきり……」

「お初はまだ女盛りだったが、再縁の話はなかったのか」

宗右衛門が口ごもり、吉蔵にうながされて漸く話した。

「実は、旦那様の三回忌が済みましたら、旦那様の弟の源之助さんとご一緒になることが、御親類方で決められて居りまして……」

「お初は承知していたのか」

「はい」

「源之助は……」

「御異存がないときいて居りました」

もともと、歿った旦那は体が弱く、商売のほうは弟の源之助が中心になって働いていた。

「御親類方も、そこの辺りをよく御承知で、源之助さんがお内儀さんと夫婦になって翁屋をお継ぎなさるのは、万事、好都合と手前共も喜んで居りました」

「お初が、吉野屋の儀兵衛といい仲だったことは、本当に知らなかったのか」

「存じません、全く、寝耳に水で……」

その時、若い男が茶室へ来た。通夜の仕度を宗右衛門に相談に来たのだったが、

「こちらが、只今、お話に出ました源之助さんで……」

と宗右衛門が紹介した。

みたところ、お初よりも年下であろう。なかなかの男前である。

「あんた、お初さんが儀兵衛と心中するほどの間柄だったのを、まるっきり気がつかなかったのかい」

東吾が訊くと、源之助は激しくかぶりを振った。

「信じられません。そんな馬鹿なことが……あれは、なにかの間違いで……」

語尾が涙声になり、逃げるように戻って行った。

「あいつ、お初に惚れてたな」

東吾が呟き、宗右衛門が情なさそうにうなずいた。

「手前は、お内儀さんも喜んで居られるとばかり思って居りました」

翁屋を出てから、吉蔵がいった。

「番頭のいう通りでさあ。先代の旦那は病弱で、男前からいっても源之助さんより数段、落ちましたからね」

どっちが女心を惹くかといえば、まず間違いなく源之助のほうだという。

「吉野屋の亭主は、それほど男前じゃなかったな」

今朝、洲崎で二人の死体をみた時の感じを東吾は思い出していた。

お初は如何にも清潔な若女房にみえたし、儀兵衛は実直な、ごく当り前の商人であった。

醜男ではないが、女がのぼせ上るほど魅力のある男とは思えない。

「東吾さん、男は器量じゃありませんよ」

源三郎がいったが、その彼も今朝、心中現場へ東吾が到着した時、

「この二人が心中ですかねえ」

どうも、ぴんと来ないという顔をしたものである。

吉野屋は大戸を下したきりで、忌中の札も出ていなかった。

家の中は、まだ通夜の用意もして居らず、親類や弔問客の姿もなかった。

枕屏風を立て廻した中に、儀兵衛の遺体が寝かされて居り、その隣の部屋にお多加がぼんやりすわり込んでいる。

手代と女中はどこへ行ったのか、家の中は静まりかえっていた。

「ここの旦那は独りっ子で、ろくな親類もないそうなんで……」

吉蔵がそっと東吾にささやいた。その声で放心したようなお多加がこっちをむいた。

泣くのを忘れたような顔が凄惨であった。

「あんた、雛箪笥の中の恋文を読んだのかい」

東吾の言葉に、お多加がうつむいた。

「お初と亭主のことに気がついたのは、いつだ」

重ねて、東吾が訊く。

「なんとなく、怪訝《おか》しいように思ってはいたんです。でも、まさか……」

「儀兵衛は、あんたが恋文を読んだのを知っていたのか」

「どうでしょうか」

投げやりな口調になった。

「あたし、なにもいいませんでしたから……」

「何故、なにもいわなかったんだ」

亭主に恋人がいると知って、責めもせず、さわぎもしないのは、なにか考えがあってのことかと訊いた。

「怖かったんです」

「怖い……」

「なにかいったら、別れてくれといわれそうで……」

肩が急に小刻みに慄え出した。

「儀兵衛に惚れてたってことか」

お多加が唇を嚙みしめた。

「夫婦ですから、嫌いじゃありませんでした。でも、そんなことより、あたしはこの家を追い出されたら、行くところがなくて……」

「生国は……」

「わからないんです」

親は行商人だったといった。

「子供の時から旅ばっかりで……、お父つぁんが死んで、おっ母さんは男とどこかへ行ってしまって……あたしも行商人になりました」

「儀兵衛と知り合ったのは……」

「旅です。あの人が八王子へ雛人形を買いに来て……宿で一緒になって……」

儀兵衛に気に入られて、江戸へついて来て、

「女中にされるのかと思ったら、お内儀さんだといわれて……、あたしは……ありがたいと思いました」

気がついたように、袖口を目頭へ当てた。

「翁屋とつき合いはあったんだろうな」

「同じ町内ですから……」

「お初は、よくこの家へ訪ねて来たのか」

「あたしがみたのは一度きり……外から帰って来たら、うちの人とお初さんが店で立ち話をしていました」

その時は、なんとも思わなかったという。

「お初の恋文を読んでから、お初になにかいったことは……」

「なにもいいません。そんな折もありませんでしたし……」

「潮干狩の日、あんたはどうしていた」

「一緒に行きましたけど、あたしは舟に弱いので、浜で皆さんと一緒にお弁当を食べたり、お酌をしたりしていました」

「儀兵衛とお初は……」

「舟に乗って行きました」

「浜へ戻って来たのをみなかったのか」

「みません。あたし達がいたところは松林の中で、舟の着くところからは離れていましたから……」

「潮が満ちて、みんな沖から戻って来て、その中に儀兵衛がいなかったのに、格別、さわがなかったのは……」

「その前に、お初さんがいなくなって翁屋の人が探しているのを知っていましたから、多分、うちの人と、どこかへ行ったと……」

「二人が心中するとは思わなかったのか」

お多加が顔をくしゃくしゃにして泣き出した。

「夢にも、そんなこと……」

傍にいた吉蔵が途方に暮れた顔で源三郎にいった。

「これじゃ、どうしようもねえ。町内の連中を呼んで、通夜の準備でもしねえことには、恰好がつきませんや」

三

吉野屋の儀兵衛と翁屋のお初の心中は、暫くの間、日本橋界隈の話の種になった。

或る者は、親類から義理の弟との再縁を決められて、せっぱつまったお初が儀兵衛に心中をもちかけたといい、或る者は、お初が自分をあきらめて源之助と夫婦になる決心をしたので、そうはさせないと儀兵衛が無理心中をしかけたのだろうといった。

なんにしても、つらい立場に立たされたのは吉野屋ではお多加、翁屋では源之助ということになる。

死んでしまった者には恥も外聞もないが、生きているほうは、噂をされるたびに、傷口が深くなって、世間を狭くする。

「人間というのは面白いものですね」

久しぶりに「かわせみ」へ顔を出した源三郎がいい出した。

「翁屋の源之助と、吉野屋のお多加が親しくなっているそうですよ」

最初は衝撃の余り、なにも手につかなくなっているお多加の様子を聞いて、翁屋がせめて野辺送りの手伝いぐらいしてやらねばと、あれこれ面倒をみたのがきっかけだったらしい。

「お多加はあの通り色っぽいし、なにもかも頼り切って相談されたら、男は悪い気持にはならないでしょう」

とても女手一つで店はやって行けないというお多加に、翁屋は吉野屋の買い手を探してやっている最中で、

「おそらく、店が売れたら、お多加は翁屋へひきとられ、一年もしたら、翁屋の女房におさまるんじゃないかと、吉蔵などもいって居ります」

酒の仕度をして入って来たお吉が、源三郎の話をきいて首をすくめた。

「それじゃ、あの心中事件で一番、得をしたのは、吉野屋のお内儀さんじゃありませんか。旦那は若くて男前、おまけにちっぽけな古雛屋から老舗《しにせ》のお内儀さんに出世するなんて……、やっぱり、死んだ者、貧乏ってのは本当ですよね」

東吾が口許まで持って行きかけた盃を止めた。

「どうも、すっきりしねえ。源さん、あの一件、もう一度、調べ直してみないか」

まず、お多加が本当に行商をしていて儀兵衛と知り合ったのか、そのあたりを吉野屋の手代と女中に訊いてみようということになった。

吉蔵の話だと、吉野屋の奉公人は店を閉めるに当って暇《ひま》を出され、女中のほうは葛西の実家へ帰ったが、手代は神田の古道具屋で働いているという。

翌日、東吾は源三郎と神田へ出かけたのだが、手代の口から思いがけない話が出た。

「歿った旦那が、お内儀さんをつれて帰って来たのは、確かに八王子の帰りでございま

した」

その頃、儀兵衛は八王子の古物商を通じて甲州のほうの旧家から雛人形や雛道具を買い集めていたので、月に二、三度、多い時には五、六度も八王子まで出かけていたと手代がいい、東吾が、

「まさか、新宿で拾って来たんじゃあるまいな」

と独り言をいったものである。

江戸から八王子へ行く宿場は新宿で、そこには飯盛女の名目で娼妓をおいている。

殊に新宿の宿場女郎は人気があって、わざわざ江戸から女郎買いに出かける客もあるという評判であった。

で、東吾は当てずっぽうに、儀兵衛がお多加と知り合ったのは、新宿ではないかと口にしたのだったが、手代の反応は別のところであった。

「いえ、うちのお内儀さんは行商をしていて、旦那と知り合ったそうでございますが、翁屋さんのお内儀さんが……その……」

「お初が……新宿か」

「へえ、うちのお内儀さんが、誰にもいっちゃあいけないが、あの人は昔、新宿で女郎をしていたそうだと……」

「儀兵衛は、その時分からの馴染だといったのか」

「だから、心中したんだと、野辺送りのあとで話してくれました」

「お多加は、お初が新宿で女郎をしていたと、誰に聞いたのだ」

「さあ、それは、なんにもいいませんでしたから……」

神田から日本橋へ出て、源三郎は吉蔵を使って翁屋の源之助を呼び出した。

「今更、死んだ者の過去を明るみに出すつもりはないが……」

と前おきして、お初が翁屋へ嫁に来る以前、新宿にいたという噂があるが、と切り出したが、源之助は少しも驚かなかった。

「そのことは存じて居ります」

「お初から聞いたのか」

「いえ、歿りました兄が打ちあけてくれました。番頭も知って居ります」

翁屋の主人、宗七は新宿へ遊びに行って、お初と馴染になり、その人柄のよいのに惹かれて、身請けをして女房にした。

「親類は知りませんが、手前と番頭は兄からなにもかも聞かされて、最初は心配しましたが、会ってみると、兄の申した通りだとわかりまして……」

もともと、浪人の娘で貧しさのために身売りをしたと聞き、むしろ同情したといった。

「筆も立ちますし、読み書き、算盤《そろばん》も達者でございました」

「お初の書いたものが、なにか残っていないか」

東吾の註文に、源之助が店へ戻って、帳面を持って来た。

「義姉さんの文字でございます」

帳付の文字はしっかりしたもので漢字が多く用いられている。

東吾の記憶にある、お初から儀兵衛にあてた恋文は仮名ばかりで稚拙であった。

「源さん、俺達は最初っから、とんでもない間違いをやらかしたようだぜ」

お多加が「かわせみ」から雛簞笥ごと取り返して行った恋文を、翁屋のお初の書いたものと思い込んで、筆跡を確かめなかったことである。

「あんた、お初が新宿にいた時の見世の名を知っているか」

東吾に訊かれて、源之助は「甲州屋」だと答えた。

その足で、二人は新宿へ向った。

甲州屋は新宿の中では比較的、上等の女郎屋で抱えている妓は、器量のいいのが揃っている。

日本橋十軒店町の翁屋の嫁になったお初のことは、甲州屋の主人も奉公人もよくおぼえていた。

「あれは、心がけのよい女で、良い運を摑みました。うちの女共も、あの妓にあやかりたいというのが多くて……」

口を揃えて賞めていたのが、お初が吉野屋儀兵衛と心中したというと、不思議そうな表情になった。

「そりゃあ、もう一人のお初じゃございませんか。もっとも、その妓は吉野屋さんに身請けされた筈なんですが……」

今度は東吾と源三郎が顔を見合せた。

「吉野屋儀兵衛にひかされた女も、お初というのか」

「本名はお多加でございましたが、翁屋の嫁になったお初にあやかりたいと、見世ではお初を名乗りまして……」

「翁屋へ行ったお初は、吉野屋儀兵衛を客にとったことはなかったのか」

「それはございません。吉野屋さんが手前共へお泊りになるようになったのは、お初が翁屋さんへ身請けされたあとのことでございます。ですから、お多加がお初と名乗って居りましたわけで……」

一つの家に、お初という名の女郎が二人いては具合が悪い。

「お初とお多加はおたがいに顔を知っていたのか」

「多少、前後は致しましたが、同じ時分に同じ見世で働いて居りましたのですから……」

顔も知っているし、話もしているという。

「特に仲がよかったとは思いませんが……」

お多加がお初を目標にしていたのは事実で、

「自分も、お初の幸運に負けないと申しまして、お客を大事にして居りました。それで、吉野屋さんのお気に入りまして……」

東吾も源三郎も、全く同じ一つの光景を思い浮べていた。

新宿の一つの女郎屋で働いていた二人の女が、そろって日本橋十軒店町の店へ嫁入りをした。

一人は指折りの老舗、一人は小さな古道具屋。

一人は亭主に死別したが、その代りに若くて男前のいい義弟と再縁が決っている。一人は実直だが風采の上らない亭主といつまでも添いとげねばならない。

「源さん、漸く筋道が読めて来たじゃないか」

お多加が甲州屋にいた時分、儀兵衛の他に馴染としてつき合っていた客はいないかと東吾がいい、甲州屋の主人が遣《や》り手の顔をみた。

中二日おいた夕方。

もう商売はやめてしまって、店の品物を大きな木箱にまとめて土間に積み上げてある吉野屋の店に、一人の男が入って来た。

姿からみて、どこかの宿場の博労《ばくろう》と想像がつく。

「お多加さん、いるかね」

大声で呼ばれて、奥からお多加が出て来た。

男の顔をみて、あっと表情を変えた。

そのお多加の顔をみて、男がべらべら喋った。

「お久しぶりといいてえが、新宿じゃ大層な評判だぜ。あんたの亭主とお初が心中した、こいつはなにかの間違いじゃねえかとさあ」

お多加はなにかいいかけたが、唇を嚙みしめるようにして突っ立っている。

「ついでだが、お上が二人を心中と決めたのは、お初から儀兵衛にあてた恋文があったせいだとねえ。だがねえ、お多加さん、いや、あの時分はあんたもお初さんだった。お初さんよ。俺もあんたからもらった恋文を持っているんだぜ。丑松さま、まいる、初よりって奴をよ」

男が懐中を叩き、お多加がそっと膝を突いた。

「だから、どうだってのさ」

射すような目が下から男をみる。丑松が薄く笑った。

「いいのかねえ。俺がこの恋文を持って、お上へおおそれながらと訴え出る。吉野屋の女房は新宿の甲州屋にいた時分、お初という名で、ねんごろになった客には片っぱしから恋文を送っていたとお上が知ったら、こりゃあちっとばかり話が怪訝《おか》しいとお考えなさる方もあるんじゃねえのか。それでなくとも、翁屋の奉公人は、お内儀さんが吉野屋の主人と心中する筈がないといい張っているそうだし、町内にゃ、あの潮干狩の日に、洲崎の浜にいたお前さんが、なんの用でか、弁天さんのお堂のほうへ歩いて行くのをみたって奴もいるそうだ」

お多加の顔が赤くなり、手を上げて丑松を制した。

「お前、いくら欲しいんだい」

男の表情を読みながら続けた。

「今、この家にある金は、どう集めても百両、そのかわり、一年待ってもらえば、小遣い銭に不自由はさせないよ」

丑松が自分の額を叩いた。

「よかろう。百両で手を打とう」

お多加がすっと立って行った。

戻って来た時は、徳利と茶碗を持っている。

「家中の金をかき集める間、一杯やっていておくれな。あいにく肴《さかな》がなんにもないけど」

丑松が相好を崩した。

「ありがてえ。手酌でやるから、あんたは早く金を集めて持って来い」

「いいともさ」

丑松が徳利の酒を茶碗へ注ぐのをみて、お多加は再び奥へ入った。

小半刻（三十分）足らずで、彼女が店をのぞいた時、丑松は俯《うつぶ》せになって居り、からの茶碗が上りかまちにころがっている。

お多加が肩をすくめるようにして笑った。

「馬方の分際で、いい気になるんじゃないよ」

手をのばして、丑松の懐を探ろうとした瞬間に、木箱のかげから東吾と源三郎が立ち上った。同時に、俯せの丑松がはねおきてお多加につかみかかった。

「よくも、俺の口をふさごうとしやがったな」

お多加はその場から奉行所へひき立てられた。

丑松に飲ませようとした酒には、調べてみると大量の石見銀山ねずみ取りが仕込まれて居り、流石《さすが》のお多加も観念したのか、取調べの畝源三郎に、すらすらと白状した。

一件落着した夕方に、東吾は思い立って、るいを伴って洲崎へ行ってみた。

洲崎は入舟町の南側の浜で、元禄の頃、埋立てて町屋が出来たのだが、寛政三年九月の大嵐に高潮が重なって、吉祥寺の門前から町のすべてが波にさらわれ、多くの人が海に流されて歿った。

以来、幕府はこの土地の居住を禁じ、今は浜辺に続く広い原になっている。

松林が少しと、荒れた弁天堂と、舟着き場と。それらが春の夕暮の中で僅かにかすんでみえる。

「お多加は、お初がねたましかったんだろうなあ」

同じ宿場女郎で、同じ町に住めば、本来くらべなくてもよい幸運を、つい、比較してしまう。

「最初は自分がお初を名乗っていた時分の恋文を、儀兵衛がどこかにしまってあったのをみつけて、そいつを使ってお初に悪い評判を立てようと思ったそうだ。人の亭主といい仲になっていると噂が立てば、源之助がそんな女と夫婦になる筈がない」

るいが海をみつめながら、小さく答えた。

「それで、私に売った雛簞笥に恋文を入れたんですか」

「ところが、かわせみは口が固いから一向に世間の噂にならない。その中に潮干狩の日が近づいて、お多加はお初を自分の亭主と一緒に片づけることを考え出した」

お多加が源三郎に語ったところでは、最初に、お初に声をかけ、自分の過去を世間へお初が喋るのではないかと亭主が心配しているから、絶対に口外しないと約束してくれと頼み、儀兵衛にはお初が自分の過去を儀兵衛達が人に話すのではないかと心配しているから、そんなことはないといってやってくれと、二人を弁天堂の裏へ呼び出した。

お堂の中で、おたがいに過去のことは口外しないと約束をして、約束のしるしと称してあらかじめ用意しておいた石見銀山入りの酒を二人に飲ませ、苦しみながら死んで行くのを見届けた上で、さりげなく浜の酒盛の席へ戻った。

「浜にいた連中は昼間の酒でみんないい加減、酔い潰れていたから、お多加が適当に座をはずしたのに気がつかない」

大胆な犯罪だが、度胸よくやってのけて首尾よく、お初と儀兵衛が心中だと衆目を欺しおおせた。

「考えてみりゃあ、俺も源さんも、なんだか怪訝しいと思いながら、あの恋文を読んでいたばかりに、お初と儀兵衛の仲を、そうだと思い込まされたんだ」

俺もやきが廻ったもんだと東吾は長助を真似て、ぼんのくぼに手をやった。

「お吉が、一番、得をしたのは吉野屋の女房といわなかったら、まんまと欺されっぱなしだったかも知れない」

るいが眉を寄せた。

「そんな怖ろしいことをしなくとも、吉野屋さんのお内儀さんで、充分、幸せだったんじゃありませんか」

少くとも、宿場女郎の頃を思えば、女の出世に違いない。

「人間、上をみればきりがないし、下をみてもきりがない。ま、俺達のように、中くらいで満足しているのが一番さ」

るいがつんとした。

「どうせ、私は東吾様にとって、中くらいの女でございます」

東吾が慌てて、いい直した。

「そういう意味じゃないんだ。るいは俺にとって最高の女房だ」

「さあ、どうでございましょうか」

「よせよ、馬鹿馬鹿しい」

「ええ、私は馬鹿馬鹿しい女房でございます」

洲崎の浜に海からの夕靄《ゆうもや》が立ちこめて来た。口喧嘩をしながら入舟町のほうへ戻って行く二人を、ちょうど町廻りの帰り道の畝源三郎が、にやにや笑いながら足を止めて眺めている。

深川の門前町の表店に、掛行燈《かけあんどん》の灯がともった。

花御堂《はなみどう》の決闘《けっとう》

一

午下《ひるさが》りからしとしとと降り出した春雨の中を、今朝、るいから、

「お持ちになりましたほうが……」

と渡された番傘をさして、東吾が大川端へ戻って来ると、ちょうど「かわせみ」の店の前から町駕籠《まちかご》に乗る女の姿が見えた。

駕籠は豊海橋《とよみ》ぎわを左折して八丁堀のほうへ去り、銀《しろがね》町の方角から戻って来た東吾は、その後を見送った恰好になった。

で、出迎えた嘉助に、

「今、ここから駕籠が出て行ったろう」

と訊《き》くと、

「畝の旦那の御新造様で……」

という。

「やっぱり、そうか。遠くから見て、そうじゃあねえかと思ったんだ」

畝源三郎の女房、お千絵は、女にしては背の高いほうである。その上背を窮屈そうに折りまげて駕籠に乗り込む様子には特徴があった。

「お帰り遊ばせ」

上りかまちで、るいが手拭を出し、東吾の濡れた肩のあたりを拭き、お吉が汚れた足袋《たび》を脱がせる。

「傘を持って行ってよかったよ。春雨って奴は、たいしたことはないようで、気がつくとじっとり染み込んで来やあがるからな」

奥の居間へ入って、早速、袴《はかま》を脱いでいると、長火鉢のところに出ていた客茶碗を片付けていたお吉が、るいに、

「若先生におっしゃったほうがようございますよ。何事も早い中《うち》が……」

と小さな声でいうのが聞えた。

「なんだ」

着替えをすませて、行儀悪く長火鉢の前の座布団に胡座《あぐら》をかいて、東吾は恋女房と、その忠実な女中の顔を等分に眺めた。

「源さんの内儀《かみ》さんが、なにかいって来たのかい」

「お千絵様の思いすごしだと思うのですけれど……」

袴を衣桁《いこう》にかけながら、るいがためらったのに、お吉が、

「でも、万一ってことになったら……とりかえしがつきませんよ」

と、今度は東吾のほうへ向き直って告げた。

「まさか、源さんが浮気でもしているってんじゃあるまいな」

冗談のつもりで笑った東吾へ、お吉が真剣にうなずいた。

「そこまでは行ってないと思うんですけど」

「よせやい」

つい、東吾は破顔した。

「相手は源さんだぜ。あの、こちこちの石頭が……」

「ですが、そういうお方がのめり込んだら、怖いって申しますでしょう」

「お吉」

るいが、たしなめて、お吉は亀の子のように小さくなった。それでも部屋を出て行かないのは、よくよく気になっているに違いなく、これは笑ってばかりもいられないと東吾は気がついた。

「源さんの内儀さん、なんだといって来たんだ」

「それが、考えようによっては、なんということもございませんのですけれど……」

困った表情で、るいが話し出した。

「お千絵様がおっしゃいますには、このところ、ずっとお帰りが夜更けになって……それはお役目柄、そういうことは珍しくないと思いますけれども、お戻りになりました時、お召しものに香の匂いがするそうで……」

「香というと、線香か」

「それよりももう少し上等の……お千絵様は薫《た》き物《もの》のお香の匂いだろうと……」

上流の人々が、衣服に香を薫きこめる、そういった類の銘香ではないかといった。

「源さんが、公卿《くげ》のお姫さんとでも、つき合ってるっていうのかい」

「女物の布で雪駄《せった》の鼻緒をすげてお帰りになったことがあるそうです」

お吉が我慢が出来なくなったように口をはさんだ。

「前緒のところで……どこかで鼻緒が切れたんだと思いますけど、なにも、女物の布じゃなくたって……」

「そりゃあ、たまたま、そういうのしかなくて……」

いいかけて、東吾は口をつぐんだ。

「かわせみ」の女達は、これでも遠慮がちに話しているので、お千絵がいって来たことは、もっといろいろあるに違いない。

なによりも、女の勘というか、女房の第六感が怪訝《おか》しいと意識して「かわせみ」へ相談に来たとすると、親友の身になにかが起っているのかも知れない。

「源さんとこの小者は、なんといっているんだ」

定廻り同心は、町廻りの時、必ず小者を一人、供につれている。

「畝さまは町廻りを終えて、一度、御奉行所へ、お戻りになるそうです」

そこから小者を八丁堀へ帰して、自分だけ、どこかへ出かける。

「帰宅するのは、夜半ってわけか」

ひょいと東吾は立ち上った。

「長助のところへ行って来る。あいつなら、なにか知っているだろう」

畝源三郎からお手札をもらっている岡っ引の中でも、いってみれば股肱《ここう》の臣といった感じの長助である。

「長助も知らないとなったら、こりゃあことだろうが……」

「この雨の中を、お出かけになりますの」

るいがすまなさそうな声でいった。

「お疲れのところを、よけいなことをお耳に入れてしまって……」

「他ならぬ源さんのことだ。それに、疲れてもいないさ」

着流しに大小、高下駄で、東吾は永代橋を渡って深川の長寿庵へ行った。

おや、と思ったのは、長寿庵の軒下に今、帰って来たばかりといった恰好の長助が、つぼめた傘を板壁にたてかけて、やおら、半纏《はんてん》を脱いでばたばたと威勢よく振り出したからで、近づいた東吾に、

「こりゃあ、若先生……」

いつもの顔でお辞儀をした。

「源さんと一緒じゃなかったのか」

東吾は春雨の中に匂いを嗅いでいた。長助には不似合いな芳香である。

その長助は一瞬、返事につまったが、

「あいすみません。ちょいと、お上りなすって……」

店の腰高障子を開けた。

だが、店は客で一杯だった。ぼつぼつ時分どきである。

「汚ねえところで申しわけありませんが……」

長助が東吾を伴って行ったのは住いのほうの二階で、店にいた女房がかけ上って座布団を出し、茶を運んだ。

「大事な話だから、誰も来ねえように……」

その女房に長助が釘をさし、襖《ふすま》を閉めた。

六畳の部屋はさっぱりと片付いて、小簞笥の上の神棚には十手が載《の》っている。

長助が、さっき、ばたばたやっていた半纏をすみにおくのを見て、東吾はいった。

「変った匂いがするな」

長助が、ぼんのくぼに手をやった。

「蕎麦屋に、こういう匂いは禁物でさあ」

「それで、はたいていたわけか」

「あっしは外にいて、この通りですが、畝の旦那はなかにいなさるんで、たまりますまい」

「なんの匂いだ」

「亀戸天満宮の隣に光蔵寺っていう寺がございますが……」

臨済宗だが、その境内に花御堂がある。

「もともとは四月八日、仏さんのお生まれになったってえ日に、花を飾って参詣人に甘茶をふるまうんだそうですが、光蔵寺はこの節、そこに香炉をおいて香を薫いて居ります」

寺で薫く香なのだろうが、少々、変った匂いがして、この春頃から誰がいうともなく、

「その香に当ると万病をふせげるんだそうでして、参詣人が押しかけています」

「まさか、源さん、体が悪くて、その香に当りに通っているんじゃなかろうな」

「そういうわけじゃございませんが……」

境内に茶店がある、と長助はいった。

参詣客を相手に茶や団子、甘酒などを売るのだが、これまでは夕方に閉めていたが、やはり香の御利益が有名になって夜も参詣に来る人が増えたので亥《い》の刻（午後十時）すぎまでは開けているようになった。

「旦那は、そちらにお出《い》でなさるんで……」

「茶店に、なんの用がある」

長助が、また、ぼんのくぼに手をやった。

「それについちゃあ、旦那が御自分で若先生にお話しするとおっしゃってますんで……」

「源さんが俺に……」

いよいよわからないという東吾に、

「つまり、その……張り込みでございまして。昼の中はあっしが、町廻りが終りなさると畝の旦那が交替なすって夜更けまで……」

ぼそぼそと説明する。

「捕物か」

「いえ……そうともいえませんが……」

とうつむいてしまう。

「それじゃ、源さんは今、光蔵寺か」

「左様で……」

「俺が、そこへ行ってもいいのか」

長助がしんと考え込んだ。

「それとも、長助が迷惑するか」

「いえ、あっしがお供を致します」

決心のついた顔であった。

「これは、あっしの一存でございますが、どっちみち、若先生のお耳に入れずに済むことは思えませんので……」

半纏を取り、先に立って二階を下りた。

「ちょっと、若先生のお供をしてくる」

女房に声をかけて外へ出る。

「すまんな。いつも厄介をかけて……」

東吾の挨拶に、長助の女房も倅《せがれ》も、とんでもないと笑顔でお辞儀をしてくれた。

雨の中を、提灯を持った長助と並んで、東吾は近くの船宿へ行った。

「足許が悪うございますから、舟で参りましょう」

と長助がいったからで、船頭の芳松というのは、長助の下っ引でもある。

本所深川を縦横に流れる水路は、今夜のような場合、まことに便利であった。

小さな屋根舟だが雨をしのぐには充分だし、ぬかるみの夜道を行くより遥かに楽である。

仙台堀へ出て、東に下り、横川へまがって扇橋のところから小名木川へ入る。

じぐざぐに川を行くのは、小さくとも屋根のかかっている舟なので、船頭がなるべく橋の少いところをえらんで漕いでいるためで、そういうところは、まことに地元の船頭ならではであった。

「実を申しますと、今日、旦那と交替して深川へ帰る道々、思い切って大川端まで足をのばして、若先生に御相談しようかと考えて居りましたんで……」

舟の中で、長助がそっと話し出した。

「張り込みの子細は、畝の旦那がお話し申しますでしょうから、あっしはやめておきますが……その……あっしはどうも、旦那が欺されていなさるような気がしてならねえんで……」

「源さんが誰に欺されているんだ」

長助が更に声を落した。

「光蔵寺の茶店ですが……お栄という女が居りまして……つまり、茶汲み女ですが……」

寺にいくらかの金を払って、茶店で商売をさせてもらっているのだが、

「寺で訊いたところ、香を薫いて客を集めるようにしたのは、その女の才覚なんだそうでして……」

光蔵寺の僧の智恵ではないという。

「頭のいい女だな」

「どうか、畝の旦那にはおっしゃらないで下さいまし。あっしには、どうもお栄って女が旦那に気があって作り話をして旦那を足止めしてるんじゃねえかと……」

「待てよ。長助」

なんとなく可笑しくなって東吾は長助の律義な表情を眺めた。

「その女、いくつぐらいだ」

「二十二、三ってところでござんしょう」

「美人か」

「そりゃもう、ぞくぞくするくらい色っぽい、器量よしで……」

「そんな女が源さんに惚れたのか」

「どうみても、親切すぎるんで……第一、旦那を見る目がまともじゃねえ」

「源さんってのは、そんなに女にもてたかな」

「ですが、今度ばかりは……」

「源さんのほうはどうなんだ。いい気持でやに下ってるのか」

「とんでもねえことで……。旦那は真面目一方です」

「あいつ、野暮天だからなあ」

東吾が慨歎したとき、舟は小名木川から横十間川へ入った。

竪川《たて》を突き抜けると右手は亀戸町、商家の灯がかすかに水面《みのも》に映っている。

「ついでに訊くが、源さんはなんだってこんな方面へ来ることになったんだ」

普段の町廻りでは、ここまでは来ない。

「光蔵寺の隣が津軽越中守様の下屋敷でして、つい、先だってと申しましても、梅の季節ですが、津軽様のお侍が亀戸天神でさわぎを起しました」

梅見の客で賑わっている境内で掏摸《すり》にあい、逆上して片端から見物人の胸倉を摑んで取調べをはじめた。みかねたのが通りかかった鳶《とび》の連中で、

た。

「亀戸は北組十五番でございます」

仲裁をしようとしたのが、反対に抜刀されて、小頭の源七と纏持《まといもち》の金太が大怪我をし

「その後始末を、畝の旦那がなさいましたんで……」

「そうか。源さんは津軽様お出入りだったな」

八丁堀の役人は親代々、出入りの大名が決っていた。江戸の町中で藩士が騒動を起した時、大名家では馴染の奉行所の役人に頼んでことをおさめてもらうためで、定廻りの旦那である畝源三郎にも、そうした大名家が何軒かあった。その一つが津軽越中守であったのだ。

大体、騒動の後始末の打合せは、上屋敷ではなく目立たない中屋敷や下屋敷を利用するのだが、今度は事件を起した亀戸天神にも近い下屋敷に源三郎が何度か足を運んだものとみえる。

「成程、それで、光蔵寺の茶店か」

「お栄のほうから旦那に声をかけて来ましたんで……門の外に待っていやがって……」

長助がそこまで話したところで、舟は天神橋の近くに竿をさした。

二

光蔵寺はごく当り前の広さを持つ寺であったが、本堂の外にある花御堂はなかなか立

派なものであった。

花御堂の多くは、花祭の法要の際に仮設されるのに、ここのは六角堂の建物自体が花御堂になっている。

扉は六方についていて昼間はその全部が開いているが、夜になると正面を残して閉められる。

御堂の中央には大きな香炉があって白い煙がうすく立ち上っていた。

香がなんともいえず強い。

「源さんは、どこにいるんだ」

東吾が訊き、長助が御堂を指した。

「あっしは茶店のほうに張り込みますが、旦那は御堂で……」

茶店は閉っていた。

すでに夜だし、この雨では参詣客もなさそうである。

東吾が花御堂の石段を上って行くと、堂内で女の声がした。

「雨でお寒うございますもの。一杯、召し上って……」

そっちを眺めて、東吾はやれやれと思った。

堂内の狭いところに源三郎が突っ立っている。小さな床几《しょうぎ》が一つ、女がそこへ腰をかけていて、運んで来たらしい徳利と盃が盆ごとおかれていた。

「東吾さん」

救われたように源三郎が呼び、女がふりむいた。

香炉の脇の燭台の灯が、女の顔を照らす。長助のいったように色っぽい、いい女であった。細面《ほそおもて》で鼻筋が通り、口許に愛敬がある。

その女の前を通って、源三郎が東吾の傍へ来た。気がついたように女を見て、

「今日は、これで帰ります」

といった。女はあっけにとられて口もきかない。

源三郎が雨の中を歩き出し、長助が慌てて傘をさしかけた。

追いついた東吾が傘を並べるようにして光蔵寺の門を出ようとした時、亀戸天神の方角から二人づれの侍がこっちへ来た。

源三郎の全身に緊張の走るのを東吾はみてとった。

二人の侍はちらとこっちを見たが、そのまま足も止めずに津軽家下屋敷のほうへ歩み去った。

「違ったようですな」

ぽつんと源三郎が呟《つぶや》く。

「誰だと思ったんだ」

舟をもやっているところへ向いながら東吾が訊いた。

源三郎が少しばかり目を笑わせて答えた。

「東吾さんをねらっている刺客です」

「おどかすなよ」

雨の中をすかして見たが、二人の侍の姿はもうなかった。

「おどかしだと助かるんですが……」

東吾と長助の乗って来た舟へ移った。

「深川のほうへ帰ってようござんすか」

長助が訊き、源三郎がうなずいた。

「そうしてくれ」

船頭が大きく竿を突っ張って、舟は岸を離れた。

「源さんと長助が張り込んでいたのは、俺をねらっている刺客なのか」

半信半疑ながら、東吾はそう判断した。

「いったい、誰がそんなことをいい出したんだ」

「長助は話しませんでしたか」

小さくなっている長助をいたわるように眺めて、その視線を東吾へ移した。

「津軽家へ行った帰りに、あの寺の門前で呼び止められまして、八丁堀の役人かと念を押されました」

黄八丈に黒紋付の巻羽織、朱房の十手を脇にさしている恰好は、誰がみても定廻りの旦那である。

「そいつが、お栄というさっきの女なんだな」

「左様です。手前が八丁堀の役人なら、神林東吾という人を知っているかと訊かれました」

「まさか、俺に岡惚れじゃあるまい」

「茶店に来た二人づれの侍が話をしているのを小耳にはさんだと申すのです」

「そいつらが俺を殺そうっていうのか」

「五井兵馬の敵《かたき》だといっていたそうです」

「五井兵馬だと……」

流石《さすが》に東吾が絶句した。

「なんで、あいつの名前が出て来るんだ」

かつて、東吾や源三郎が剣を学んだのは、神道無念流の達人、岡田十松の岡田道場であった。

その当時の岡田道場は、現在、練兵館の主である斎藤弥九郎が師範代をつとめていて、稽古は荒っぽかったが、一流の遣い手が続々と巣立っていた。

その中で、突きの兵馬と渾名《あだな》されていたのが五井兵馬であった。

親代々、西丸御書院番の家柄だったが、兵馬の父が歿《なくな》った時、彼が若年だったので、叔父に当るのがとりあえず、職を継いだ。

いずれ、兵馬が成年に達したら、彼を養子にして家督をゆずるということだったのだが、その話し合いがうまく行かないで争いになり、兵馬が叔父を斬って重傷を負わせた結果、家は取り潰され、江戸から退散した。

あげくの果てが、各地を流転し、江戸へ戻って来て盗賊の仲間に落ちて、遂には捕手に囲まれて腹を切って死んだ。

盗賊の探索にかかわり合っていて、東吾も源三郎も彼と白刃を交えたものの、斬ってはいない。

そればかりか、五井兵馬の妹の和世のその後については、出来る限りの世話をしていた。

「どうして俺が五井兵馬の敵なんだ」

憮然として東吾がいい、源三郎も合点した。

「なにかの間違いだと思います。ですから、手前はなんとか、そいつらをみつけ出して誤解をときたいと考えまして……」

「しかし、なんで、光蔵寺に張り込んでいると、そいつらが来るんだ」

「忘れ物を取りに来るのではないかと」

源三郎が懐中を探って細長い包を出した。

巻物である。

開いてみると、神道無念流免許皆伝とある。

出した者の名は五井兵馬、受けたのは村野政太郎となっている。

「五井の奴、とんでもないものを出しやがったな」

到底、彼の立場で免許皆伝なぞ出せるわけがない。

「俺を五井の敵とねらっているのは、この村野政太郎って奴なのか」

「一人は、そのようです」

「どうも、わけのわからん話だな」

明日にでも五井和世を訪ねて訊いてみようかといった東吾に、源三郎が手を振った。

「和世さんには、もう訊いて来ました」

下総にいた時分、網元の旦那に気に入られて道場のようなものを持たせてもらい、随分と弟子が集ったことがあるという。

「もし、五井が免許皆伝などというものを出したとしたら、その時分ではないかと和世さんがいっていました。ただ、村野政太郎という名前には心当りがないそうでして……」

折角、住みついた下総を逃げ出したのは、

「五井が網元の旦那の妾といい仲になったせいだそうです」

「あいつ、喧嘩っ早いだけじゃなくて、女にも手が早かったのか」

剣をとっては岡田道場でも指折りの遣い手であったし、同門の先輩に当る男だっただけに、東吾も源三郎も彼の末路には胸が痛い。

「いい加減にしろよ。源さん、そんなあてにもならねえ茶店の女の話なんぞにふり廻されることはない。もし、そいつらが俺になにかいって来たら、その時こそ、本当のところをとっくり聞かせてやるさ」

それよりも、お栄という女は源さんに気があるようだったが、と東吾がいいかけると、源三郎が困ったように顔をしかめた。

「実は、そうなんです。ですから茶店のほうで張り込みをするのは剣呑《けんのん》だと、御堂の内陣へ移ったんですが、雪駄の鼻緒はすげてくれる、茶だの、酒だの運んで来て、今日も東吾さんが来てくれなかったら、どうなっていたことか……」

東吾が長助と顔を見合せ、外では船頭が大きくしゃみをした。

三

畝源三郎には、張り込みなどせず、放っておけと強くいい、「かわせみ」には話せる内容ではないので、

「源さんは御用の筋で本所の寺に張り込みをしていて、香がついたのは、そこの香炉のせいで、雪駄の鼻緒はたまたま、茶店の女がすげてくれただけのことだ」

と説明しておいた。

そして、五日後、その日の稽古を終えて講武所を出て来ると、畝源三郎が待っていた。

「津軽家の侍が、たて続けに辻斬りに遭いました」

いずれも、亀戸の下屋敷に泊っていた侍達で、

「用事で外出し、夕方、或いは夜になって帰って来たところを殺《や》られています」

場所はいずれも下屋敷のすぐ近くの路上だという。

殺されたのは三人、無論、武士だから剣道のたしなみはあるのに、殆ど一突きで殺害されている。

「突きだといったな。源さん」

東吾がききとがめ、源三郎が重くうなずいた。

「その通りです」

まるで五井兵馬が生き返って殺ったと思いたくなるような凄まじい突き傷だったという、源三郎は改めて東吾を見た。

「油断は禁物ですぞ。東吾さん」

「それにしても、なんだって……」

といいかけて、東吾は口をつぐんだ。

津軽家の侍を襲ったのが、東吾に対する挑戦、或いは試し突きだったのではないかと思い当ったからである。

「なんという奴等だ」

五井兵馬の敵討というのからして見当はずれなのに、無関係な人間を殺戮《さつりく》するのは許せないと思う。

「とにかく、光蔵寺への張り込みを続けます」

くれぐれも身辺を注意してくれと念を押されて、東吾は憂鬱になった。

五井兵馬を斬ったおぼえもないのに敵呼ばわりされるのは迷惑だし、村野政太郎というのが、どういう素性なのか全くわからないのだから手の打ちようもない。

流石にのんびり屋の東吾も弱ったが、源三郎には口止めをして、兄の通之進にも、「かわせみ」の連中にも黙ったままにした。

四月七日、東吾が帰って来ると帳場のところで嘉助が紙を広げて、なにか書いている。

るいとお吉が真面目な顔で見ているので、東吾ものぞいてみると、

　千早振る卯月八日は吉日よ
　神さけ虫を成敗ぞする

と読める。

「なんだ。そりゃあ」

書き終るのを待って訊くと、

「まあ、若先生、御存じないんですか。これが虫よけのお札《ふだ》なんですよ」

お吉が得意そうに喋り出した。

「毎年、四月八日にこうやって書いたのを、土間の柱に逆さにして張りつけておくと虫がつかないんです」

「なんで、逆さに張るんだ」

「きまってるじゃありませんか。虫は下のほうから上って来るんですもの、下から読め

るように張らなけりゃ……」

るいと嘉助が笑い出し、久しぶりに東吾も大笑いをしたのだったが、その四月八日の朝、るいの給仕で朝飯を済ませたところへ、嘉助がそっと入って来た。

ちょうど、るいは東吾のお膳を下げて台所へ行っている。

「若先生、こんなものを投げ込んで行った奴がございます」

手紙であった。表には神林東吾どの、裏を返すと、左封じになっている。

左封じは果し状であった。

すばやく開いてみると、

果し合いのこと

本日、辰の下刻

光蔵寺にて

村野政太郎

としたためてある。

東吾は大小を取って立ち上った。

「るいには、なにもいうな」

帳場へ出て、嘉助に草鞋《わらじ》を一足出してもらい、それを手にしたまま、まっしぐらに永代橋を渡る。

この前、長助と行った船宿をのぞくと、いい具合に芳松がいた。

「すまないが、この前のところまで行ってもらいたいんだ」

猪牙《ちょき》でいいと声をかけると、芳松はすぐに仕度をして東吾を乗せた。

舟の中で、東吾は草鞋をはいた。念入りに紐《ひも》を結ぶ。それから刀の下げ緒をといてたすきにした、その上から羽織を着直す。

「若先生、捕物で……」

芳松が驚いたように訊き、

「のようなものだ」

と東吾は笑った。

朝の水路を猪牙はかなりな速さで走り抜けて行く。

今日は晴天で、春につきものの風もない。

東吾が指示をしたのは、猪牙が竪川へ入ってからであった。

「横十間川へまがらねえで、まっすぐ五目《いつつめ》之橋までやってくれ」

舟を下りたのは五目之橋の手前で、そのまま五目の通りを北へ急ぐ。なにもいわないのに芳松は東吾の後を走ってついて来た。

五目の通りを突き当って左へまがると亀戸天神の境内に入る。

境内は藤の花が咲きはじめていて、参詣客の姿もちらほら見える。

東吾は裏門から光蔵寺へふみ込んだ。

予想したように花御堂の前は人で埋まっていた。花祭の当日なのである。

僧が甘茶を汲んでは、参詣客がさし出す壺だの、小桶だのに入れてやっている。

「若先生、あそこにうちの親分と畝の旦那が……」

芳松が東吾にささやいた。

茶店の前に畝源三郎と長助の姿が見える。

「源さんと長助にこいつを見せて、すぐ参詣客を境内の外に出すようにいってくれ」

果し状を懐中から出して芳松に渡すと、彼は脱兎《だっと》のごとく境内を走って行った。

東吾はゆったりと境内を見渡した。

相手はどんな風体をして現われるのか。

源三郎と長助が芳松ともども、花御堂にかけ上って行った。僧になにかを告げ、並んでいる人を押し戻すようにしはじめた。

誰もの視線がそのさわぎに集中した瞬間、東吾は自分にむかって突進してくる男に気がついていた。

着物の尻をはしょって、白鉢巻に白だすき、二尺一寸五分はあろうかという大業物《おおわざもの》が必殺の突きでくり出される。

東吾の手から、いつの間にか脱いでいた羽織が相手の顔へ叩きつけられた。よろめいて立ち直ろうとするところへ、東吾の峰打ちがきまる。

その時、花御堂の上から、源三郎も長助も見た。

第二の襲撃者が、東吾の背後からもの凄い突きを入れた。

「東吾さん」

「若先生……」

絶叫に近い二人の叫び声が耳に届く前に、二つの刀がぶつかり合って火花を散らし、同時に東吾の体は春風に吹かれた柳のように、軽やかに反転しながら、下からすくい上げるように相手の両膝を正確に斬りさいていた。

だが、同時に東吾は自分の愛刀、無銘ながら業物と自慢にしていた関の兼定が柄元《つかもと》一寸を残して折れたのを見た。

ぎょっとしたものの、二人の襲撃者は二人とも地上にひっくり返って動かない。

茶店のところから、お栄が走り出すのが目のすみに入った。

「源さん、女が逃げるぞ」

東吾の声で、源三郎がお栄にとびついた。

化石になったような長助と芳松が捕縄をしごいて、倒れている二人の男に近づく。

「気をつけろよ」

窮鼠、猫を嚙むかと東吾は注意したが、二人の男は完全に闘志を失っていた。

「世の中、不思議なことを考える者がいるものだ」

光蔵寺の花御堂での決闘から十日ばかり過ぎて、東吾が使をもらって兄の屋敷へ行くと、畝源三郎が先に来ていた。

東吾の姿を見て、通之進がいささか憮然としていったものだ。

「村野政太郎、政次郎の兄弟は、五井兵馬が厄介になった下総の網元の、妾の弟達だと申す」

そのことは、すでに東吾は源三郎から聞いていた。

網元の妾で、かつて五井兵馬と間違いを起した女がお栄である。

つまり、東吾に決闘をいどんだ兄弟は、お栄の弟達であった。

「五井は政太郎兄弟に、必殺の突きを教え、免許皆伝をつかわした。その折、彼等に申したそうじゃ。岡田道場で自分の突きをかわせる者は只一人、神林東吾だと。そして、もし、お前達が自分以上の腕になったら、神林東吾と立ち合ってみるがよい。彼に勝てれば日本一、どこの大名でも召し抱えるだろう、とな」

「馬鹿げたことです。五井ともあろう者がなんという馬鹿なことを……」

源三郎がまっ赤になって怒っている。

「世間知らずの若者に、全く愚かなことです」

通之進が苦笑した。

「若い男の腕自慢も困るが、女の逆怨みも怖ろしいものだ。お栄と申す女は、五井が切腹したのを、東吾達が追いつめた故と思い込んで居った」

惚れた男の敵討に、弟二人が剣の修業の終るのを待って江戸へ出て来た。

「あの兄弟は鹿島新当流の印可も受けたそうじゃ」

すっかり田舎天狗になった兄弟は、東吾と勝負をして天下に名をあげたいと考えた。物事をどこでどう取り違えたのかと通之進は苦い顔をした。

「東吾に怪我がなくてよかった」

「おかげさまで……」

神妙に頭を下げながら、東吾は次に兄がなにをいうかがわかっていた。

「斎藤弥九郎先生が仰せられた。東吾はおそらく、仏閣の内にて血を流すことを避けようとして、一人を峰打ちにしたのであろうが、刀は本来、峰にて打つものではなく、はずみによっては折れることもある。この度は大事なかったが、くれぐれも心するようにと申されていた」

無論、東吾には一言もなかった。

関の兼定は使いものにならなくなっている。

とりあえず、刀屋で間に合せを買ったものの、愛刀とはくらべようもない。

「まことに未熟でございました。以後、気をつけます」

「ついては……」

通之進が背後の刀掛から太刀を取って来て弟の前においた。

「これを、そなたにゆずろうと思う」

刀袋から出して東吾に手渡した。

「我が家重代の銘刀、備前国長船《おさふね》在義光じゃ」

「辞退することはない。今後は斎藤先生のお言葉を忘れぬように。生兵法《なまびようほう》は怪我のもとと申すぞ」

「兄上」

兄の目が優しくて、東吾は鼻の奥がつんと熱くなった。

村野兄弟は、津軽藩の侍を三人も殺しているので、町奉行所から津軽藩へひき渡され、藩邸において処刑された。

お栄は遠島になった。

「それにしても、世の中の廻り合せは怖ろしいな」

雨上りの「かわせみ」の居間で、東吾は兄からもらった長船の太刀の手入れをしながら、るいにいった。

「下総から出て来て、お栄が仮の住いをみつけたのが、光蔵寺の茶店で、たまたま、源さんが津軽家の騒動で亀戸へ出かけたってあたりがいやな感じだ」

るいが首をかしげた。

「そんなこと、別になんでもございませんでしょう。お栄という人は、江戸へ出て来て、東吾様のことを調べ抜いたそうですもの。なにも、畝様と出会わなくても、いずれは東吾様へ果し状が来たのでしょうから……」

「それじゃあ、なんだってお栄は源さんに近づいたんだ」

村野兄弟の自白によれば、お栄が五井兵馬の敵と思っていたのは、東吾だけではなく畝源三郎も同様だという。

「源さんに近づいて、折をみて殺そうとでも思ったのかな」

「最初は、そうだったかも知れませんけど」

「途中で変ったのか」

「女は、好きになった人を殺せませんもの」

「お栄が、源さんに本気で惚れたってのか」

「そうでなかったら、どうして何日も張り込みをしている畝様が、御無事だったのか平仄《ひょうそく》が合いませんでしょう」

東吾が何度見ても見飽きないように、長船義光をみつめた。小丁字《こちょうじ》まじりの直刃《すぐは》がまことに上品で穏やかな感じのする銘刀である。

「源さんが惚れられるかね」

「御立派なお方ですもの」

「蓼《たで》食う虫も好き好きか」

「あちらも、東吾さまのことを、そうおっしゃっていらっしゃるかも……」

「それじゃ、るいは蓼食う虫か」

障子の外で聞いていたらしいお吉が威勢よくいった。

「来年の花祭までに、虫よけを作って畝様のお屋敷へ届けますか」

「千早振る、なんとかってのを、源さんの脚に貼りつけるってことかい」

のどかに笑っている東吾の横で、るいがそっと目をつぶって合掌した。
この穏やかで幸せな日々を、誰かが理不尽にぶちこわすことのないように、と。
恋女房の苦労を知るや知らずや、東吾はまだ長船の銘刀に見入っている。

煙草屋小町《たばこやこまち》

一

神林東吾は煙草を吸わない。

格別、煙草が嫌いというのではなく、勧められて一服つけることもあるのだが、わざわざ買ってまで喫《の》みたいという気はなく、従って自分用の煙管《きせる》も持っていない。

その東吾が講武所から帰って来て、帳場で出迎えた嘉助に、

「こんなものを貰っちまったんだ。俺は喫まないから……」

と一袋の煙草を手渡した。

嘉助は煙草喫みなので、喜んで受け取ってみると、これが、かなりの上物であった。

おまけに袋の裏に、「堀江六軒町、煙草、煙管御道具、花屋」と書いてある。

若先生はなにか用事があって日本橋の方へお寄りになったのか、と嘉助は思ったが、

別に口には出さなかった。

ちょうど買いおきが切れていたので、早速、封を切って、煙管につめて一服すると、これは普段、嘉助が愛用しているのよりも遥かに味も香りもよい。

で、その夜、るいに宿帳を見せに行ったついでに、

「先程、頂戴した煙草はまことにおいしゅうございました」

と東吾に礼を述べた。

東吾はその時、嘉助からみると、えらく小むずかしそうな書物を読んでいたが、顔を上げ、嘉助をみて、その視線をるいへ移すと慌てたように、

「ああ」

とだけ返事をした。

それで、勘のいい嘉助は、ひょっとすると若先生にあの煙草をくれたのは女ではないかと思ったものだ。

るいの焼餅やきは、二人が夫婦になる以前からのことで、つまらないことでもすねたり、涙ぐんだりする。

嘉助やお吉にとっては、

「かわいいお嬢さんの焼餅やき」

と、すっかり馴れっこになってしまっているが、それにしても、若先生は外でもてすぎる、おまけに嘘が下手で、なんとかもう少し上手にごま化せないものかと、はたでみ

ていてやきもきするのがいつものことであった。

嘉助は、ちらとるいの顔色を窺ったが、この夜のるいはなにか別のことを考えているようで、宿帳をざっとみて嘉助に返すと、東吾のために茶の仕度をはじめた。

ほっとして嘉助はそそくさと帳場へ帰ってもう一服した。

実に旨い煙草である。いったい、どこのどういう女が、こんな煙草を若先生にさし上げたのか、その女はまさか若先生が煙草を喫まず、よりによってこんな年寄りが有難がって吸っていようとは夢にも思わないだろうと、内心、可笑《おか》しくなった。

人の心の中とは、当人が口に出さない限り、なかなか他からは解らないものだが、その夜、るいが考え込んでいたのは、その昼間、呉服屋に註文した着物のことであった。

三、四日前に、東吾が講武所から受ける御手当金をるいに渡した折、

「ぼつぼつ衣替えじゃないか、なにか新しい着物でも買うといい」

といってくれた。

「かわせみ」の商売で、年に何枚かの着物を買うくらいの余裕はあるのだが、そこは女心で、惚れた亭主が着物でもといってくれたのがなにより嬉しい。

早速、呉服屋へ出かけたところ、出入りの番頭が勧めてくれたのが今までよりも派手な色合いのものであった。

「御新造さまは、今までが少しお地味すぎました。お独りの時はそれでもよろしゅうございますが、旦那様がお出来になったのでございますから、もそっと明るく、きれいな

ものもお召し下さいまし」

といわれて、るいはどきりとした。

年上女房である。

今までは宿屋の女主人という立場もあって、黒っぽい、固い感じの着物を着て来たが、東吾からみると、華やかさや色気に欠けて面白くなかったのかも知れないと思った。

もっと若女房らしく、初々しい装いをしてもよい。そのほうが、東吾も満足してくれると考えて、迷いながらも、思い切って今まで着ないような浅黄色に菖蒲《しょうぶ》を描いた単衣《ひとえ》を決めて来たのだが、今となってみると、いくらなんでも派手すぎたのではないかと心配になった。

第一、嘉助やお吉がどんな顔をするだろうと心がすくんだ。

年下の亭主に媚びて、若作りをしたと思われるのは辛い。

いっそ、明日にでも日本橋へ行って、他のと取り替えてもらったほうがよくはないかと迷いはどんどん深くなる。

そんな状態だったので、嘉助と東吾の微妙なやりとりを、うっかり見逃してしまったのであった。

翌日の午後、深川長寿庵の長助が、信州から良い蕎麦粉が届きましたので、と「かわせみ」へ届けに来て、ちょうど宿屋は一番、暇《ひま》な時刻、手持無沙汰な嘉助のいる帳場へ上り込んで世間話をはじめた。

その長助が袂《たもと》から煙草の包を取り出して、煙草入れにせっせと詰め出したので、嘉助がなんの気なしに袋を眺めると、それが、昨日、東吾から貰ったのと同じ店のものであった。

「へええ、長助親分も花屋って煙草屋が御贔屓《ごひいき》かい」

さりげなく声をかけると、長助が浅黒い顔を赤くして照れた。

「番頭さんは、なんで花屋を御存知で……」

嘉助は東吾から貰った煙草を出した。

「昨日、若先生がね」

とたんに長助が手を打った。

「違えねえ。たしかに昨日、若先生は花屋の煙草をお買いになったんだ」

「親分、なんで知ってなさる」

「ちょうど、畝の旦那のお供をしての通りすがりでね」

場所は日本橋堀江六軒町。

「花屋っていう煙草屋の前が押すな押すなの千客万来でね、旦那とそっちをみていたら、大方、講武所のお弟子さんだろう、ここの若先生を囲んで店をのぞいてた連中が、他の客に押されてね。若先生がはずみで煙草屋小町の前へとび出しちまった」

その時の様子を思い出したのか、長助は腹を押えて笑い出した。

「畝の旦那も、俺も、びっくりしてみていると、若先生、一番上等の奴をお買いなすって、煙草屋小町の手から釣り銭と煙草を受け取って、人ごみをかき分けてお帰りなすった。だけども、流石《さすが》の若先生も煙草屋小町の前で少々、あがってなすったのかねえ、俺や旦那に、全く気がつかねえで、さっさと行っちまったんだ」

「花屋の娘が、煙草屋小町か」

「日本橋界隈じゃ前から評判だったらしいがね。つい、こないだ瓦版にまで載ったんで、江戸中の噂になったんだ」

長助が嬉しそうに懐中から取り出した瓦版に、
日本橋堀江六軒町の花屋は煙草も旨いが、商売も上手い、煙草屋小町のおはんちゃんの顔がみたさに客は千里万里をものともせず、おはんちゃんの一顰《いっぴん》一笑に羽化登仙の心地なり　云々
と書いてある。

「成程、こいつは知らなかった。ところで長助親分も、おはんちゃんの笑顔みたさに煙草を買いなすったわけかね」

嘉助に冷やかされて、長助はぼんのくぼに手をやった。

「へっへっへ、まあ、煙草屋小町はともかく、煙草が旨えって評判なんでね。御用の帰りに寄ってみたら、うまい具合にすいてたんでね」

「ついでに、とっくり、おはんちゃんの顔も拝んで来なすったってことか」

「へっへっへ」

男二人、誰知るまいと笑い合っていると、

「ちょいと、番頭さん、なにしてるのよ、お嬢さんがお出かけですよ」

お吉の塩辛声にどやされた。

はっとして嘉助と長助が帳場をとび出すと、るいが店の暖簾《のれん》口のところに立っていて、

「日本橋まで行って来ます。長助親分、ごゆっくり……」

いくらか悪戯《いたずら》っぽい笑顔を残して、すいと出て行った。あとからお吉が出て行ったのはその先の辻でるいが駕籠《かご》に乗るところまで送ったものとみえる。

「聞えましたかね」

長助が嘉助の顔をみて不安そうにいった。

るいが店の暖簾口を出て行くためには、帳場の横を通らねばならない。

話に夢中になっていた二人は、いつ、そこをるいが通ったのか、全く気がつかなかったのだ。

ということは、もしも、るいが帳場の外で二人の話を立ち聞きしていたとしても、やっぱり長助も嘉助も気づかなかったに相違ない。

「まさかね」

仮に、るいの耳に入ったからといって困る話ではないと嘉助は笑ったが、長助はしょんぼりしてしまい、そそくさと深川へ帰って行った。

二

それから二日後、るいはまだ迷っていた。

派手すぎると思って日本橋の呉服屋まで註文の変更に行ったのに、番頭に説得されて、やはりそのまま仕立ててもらうことにしたのだが、気持がもう一つ落着かない。

一枚の着物のことで、いつまでもくよくよしてはならないと思うそばから、折角、東吾が汗水流して働いた金で買えといってくれたものを、ろくに着られないような品物を買ってしまったのでは申しわけないと、心が沈んでやり切れない。

東吾の声が聞えて、はっとして中腰になった時、もう目の前まで来ていた。

「そこで源さんに会ったんだ。話があるというから上ってもらったよ」

太刀を渡されて、るいは真っ赤になった。

よりによって畝源三郎と一緒に帰って来たというのに、出迎えもしなかった自分が恥かしい。

「ごめんなさいまし。考えごとをして居りまして、お帰りに気がつきませんで……」

慌てて座布団を出しているるいを、東吾はちょっと不思議そうにみていたが、すぐ廊下に立っている源三郎を呼んだ。

「源さん、遠慮はいらない、入って来いよ」

「どうぞ、お入り遊ばして……」

慌てて、るいは畝源三郎に挨拶し、台所へ逃げて行った。

「おるいさん、どうかしたんですか」

源三郎が訊《き》き、東吾が笑った。

「なにか考えごとをしていたんだと。大方、今夜の飯のお菜でも思案していたんだろう」

各々の座布団の上に胡座《あぐら》をかいて、東吾が口を切った。

「なんだい、折入っての話ってのは……」

源三郎がちょっと廊下のほうを気にして声をひそめた。

「東吾さん、こないだ、堀江六軒町で煙草を買ったでしょう」

東吾が目を細くした。

「そういや、あの時、源さんと長助がみていたな」

「御存じだったんですか。それにしては知らん顔で行ってしまわれましたね」

「照れくさかったからさ」

源三郎が、もう一ぺん、廊下をのぞいた。

るいは酒の仕度でもしているのか、戻って来ない。

「東吾さんも、けっこう物好きですな。瓦版に出たとたんに、煙草屋小町をみに行くとは、おるいさんに知れたら、えらいことじゃありませんか」

「馬鹿いえ。るいはそれほど焼餅やきじゃない」

「では、もう少し大声で話しましょうか」

「源さん」

東吾が早口でいった。廊下をこっちへ来る足音がする。

「俺はなにも、あんなところへ行きたくって行ったわけじゃない。講武所の連中が近頃にない旨い煙草だというから、嘉助に……」

「その弁解は、ちと苦しいですな」

お吉がお膳を運んで来た。

筍《たけのこ》の炊き合せに、木の芽田楽、そして鰹《かつお》の刺身。

「驚きましたな、かわせみは、もう鰹ですか」

「お嬢さんが、ぼつぼつ値段も落着いたから、この辺で七十五日長生きをしましょうって。畝様はいい日にお見えになりましたよ」

「全くですな」

女房を質に入れても食いたいと冗談にいわれる初鰹は、最初一本二両という法外な値段がついた。女中の給金が五年で七両程度ということから考えても、理屈にならない値のつけ方で、いわば景気づけ、縁起物であった。

出盛りに従って、一本が一分（いまの金額で約二万円）あたりになって、少しずつ買い手が出て来るが、庶民が口に出来るのは、更にあとということになる。

それでも人々は先を競って初鰹を食べるのを自慢にしていた。

「るいはなにをしているんだ」

東吾が訊き、

「大坂の天満屋さんの番頭さんがお着きになったので、御挨拶にうかがってます」

お吉が代りにお酌をして下って行った。

「では、鬼のいない間に話をします」

源三郎が嬉しそうにいい、東吾がその友人に酌をした。

「源さんもよくいうぜ。人の女房をとっつかまえて、鬼とはさ」

「いや、手前が申したのは、お吉のことです。失言でした。あやまります」

なにをいっても、そこは気心の知れた仲で、

「実は堀江六軒町の名主は小川吉右衛門と申し、なかなか温厚な仁ですが、悴《せがれ》の吉之助というのも、若いに似ず実直で町内で人気があります」

その吉之助が煙草屋小町のおはんに惚れたと源三郎は、えらく真面目に話し出した。

「まわりがみても良縁と思われるのに、何故か兄の彦太郎が承知しません」

「おはんには兄貴がいるのか」

「はい、両親は十三年前の大火で焼死して兄妹二人きりです」

「反対する理由はなんだ」

「それが、どうもはっきりしません」

「つまり、名主から彦太郎の腹の中を聞いてくれと頼まれたわけか」

「彦太郎は昼間、水油を売って歩いていますんで、夕方にならないと家に戻りません」

「これから日本橋へ行けってことか」

「恐縮ですが、手前は、どうも色恋の話は苦手で……」

「他人の恋路のとり持ちは、ぞっとしねえな」

へらず口を叩きながら、膳の上のものをあっという間に平らげて、

「源さんの御用の筋で日本橋へ行って来る」

着流しに大小を落し差しにし、東吾はるいに声をかけ、威勢よく大川端をとび出した。

五月雨が上って、この二、三日天気が良い。

昼が長くなって、男二人が急ぎ足で行く日本橋川のほとりは柳が長い影を落している。

堀江六軒町はかつて芝居町として栄えた堺町と葺屋《ふきや》町を隣にする細長い町屋であった。

今から十三年前に、中村座という芝居小屋の楽屋から火が出て、葺屋町の市村座や操人形の小屋であった結城座や薩摩座などを焼き尽し、芝居小屋が全滅してしまう大火になった。

以来、芝居小屋は浅草の、小出信濃守の屋敷跡一万八千坪へ移されて、堺町附近は普通の町屋に変っている。

名主の小川吉右衛門の家を訪ねると、如何にも苦労人らしい父親が恐縮しながら、源三郎と東吾を迎えた。

倅の吉之助も挨拶に来たが、中肉中背の若者で男っぷりも悪くはない。

「日頃、御厄介になって居ります上に、つまらぬことでお手数をおかけ申します」

酒の仕度をさせようとするのを、東吾が断った。

みたところ、町名主だけあって住居もそれ相応に立派なものだし、資産もありそうであった。

「手前共では家内を先年失いまして、以来、手前も気力体力ともに落ちて参りました。なんとか今年中にも悴に嫁を迎え、家督をゆずりたいと存じて居りますが……」

茶と菓子を運ばせて、吉右衛門は訴えた。

「親の口から申すのもなんでございますが、悴はどちらかといえば野暮な男でして、今まで浮いた噂も立ちませず、深くつき合った女もございませんでした。ですが、先月、たまたま、花屋へ煙草を買いに参りまして、その折、妙な客におはんさんが困惑して居りましたのを、まあお助けするというようなことがございまして、それがきっかけで急に親しくなりましたそうで……嫁にもらうならと申します。町内の評判のよい娘さんでございますし、気心も知れて居ります。手前もおはんさんならと思い、早速、兄さんの彦太郎さんに話をしたのでございますが……」

「断られたというのだな」

「そこがはっきり致しません。ここ暫くは、妹を嫁に出すことが出来ないと……」

「おはんに好きな相手がいるのではないか」

東吾の言葉に、吉之助が膝を進めた。

「そういうことはないと思います。おはんさんは手前に、兄さんが承知なら嫁に行きたいと返事をしてくれました」

「彦太郎とおはんは本当の兄妹なんだろうな」

「それは間違いはございません」

両親は堀江六軒町で水油の小売りの店をやっていた。

「彦助さんにおときさんと申す夫婦で人柄のよい働き者でございましたが、十三年前の大火で逃げ遅れまして……」

当時、十五と八つだった兄妹は火の中を逃げ惑っていたのを、吉右衛門夫婦がみつけ、一緒に避難して命が助かった。

「それじゃ、店はすっかり焼けちまったんだろうな」

「はい、彦助さんの所だけではなく、この辺りは一面の焼野原になりました」

「親をなくした二人の子はどうやって暮したんだ。頼りになる親類でもあったのか」

「いえ、ですが、町内で少々の面倒はみましたし、彦太郎さんがよく働きまして」

「それにしたって、煙草屋の店を出すのは容易じゃあるまい」

「焼跡から壺がみつかりまして、彦助さん夫婦が金を貯めて、そいつを縁の下に埋めておいたのだと思いますが……」

「どのくらいの金だったんだ」

「たしか、三十両そこそこではなかったかと。それが元手《もとで》になりまして……」

もっとも、煙草屋の店を開いたのは三年前のことだといった。

「兄妹そろって、よくやったと思います。おはんさんも小さい時分から近所へ子守に行ったり、縫い物をさせてもらったり……そういう娘ですから、手前も嫁にしたいと存じました」

初老の名主は、悴以上にがっかりしている。

三

名主の家を出て、花屋へ行った。

何人かいた客が煙草を買って帰るのを見送って店へ入る。

「名主の吉右衛門から頼まれて来たのだが」

ここでも東吾が先に口を切った。

おはんは神妙に座布団を勧め、両手を突いたが、東吾をみた目には怪訝《けげん》な感じが浮んでいた。

一人は身なりからしても、定廻りの旦那とわかるが、東吾のほうは町方の旦那にはみえない。

「私の縁談でございましたら、暫く、そっとしておいて頂けませんか」

うつむいたまま、おはんがいった。

「吉之助が不満なのか」

「兄さんが、暫くはいけないと申しますので……」

「理由は……」

「わかりません」

「それじゃ返事にならないだろう。あんたは吉之助に嫁に行ってもいいといっている。そいつを取り消すには、ちゃんとした理由をいってやらないと……」

おはんの目に涙が浮んだ。

「吉之助さんには申しわけないと思って居ります。でも……」

その時、店に男が入って来た。

木綿物の着物に小ざっぱりした町人髷《まげ》だが、体つきに崩れたものがある。

「おい、彦太郎は帰ったか」

おはんにいいかけて、店にいた畝源三郎に気づくと急に顔色を変えて出て行った。

「今の男、誰だ」

東吾に訊かれて、おはんは目を伏せた。

「兄さんの昔の知り合いです」

「名は……」

「今は治助っていうそうです」

「今は……」

「はじめてあの人に会った時、兄さんが五郎三さんって呼んだので……あとで訊いたら、占い師にいわれて名を変えたって……」

「はじめてあいつに会ったというのは……」

「先月、うちの店へ訪ねて来た時です」

「それまでは来なかったのか」

「はい。みたことのない人でした。でも、兄さんは昔、厄介になった人だといって……」

「ちょいちょい来るのか」

「三日か、五日おきくらいには……」

すみません、といい、おはんが台所へ行った。茶の仕度をしているらしい。

「東吾さん……」

源三郎が耳に口を寄せた。

「今の男、いれずみ者ですな」

出て行く時、袖口からちらとだがみえたという。

前科のしるしとして、江戸では腕に二本の筋を入墨するのは、追放或いは敲《たたき》の刑を受けた者であった。主に盗みに関する犯罪人である。

おはんが茶を二つ運んで来た。

「先刻の奴だが……」

東吾が訊いた。

「ここへ何しに来るんだ」

ちかぢかと顔をのぞかれて、おはんは眩しそうな目をした。

「わかりませんけど、兄さんと話をして行きます。あたしは必ず、使に出されますので」

話の内容はわからないという。

「彦太郎は、あいつの来るのを喜んでいるか、それとも……」

おはんは首を振り、口をつぐんだ。

暫く待っても彦太郎が帰って来ないので、東吾と源三郎は日を改めて訪ねることにして堀江六軒町を後にした。

「こいつは、ひょっとすると根が深いかも知れないぞ」

帰り道に東吾がいい、源三郎もうなずいた。

「定廻りは、色恋の面倒までみるのかと東吾さんに嫌味をいわれなくて済むかも知れませんよ」

その勘が当ったのは翌日、彦太郎が脚に大怪我をしたと、名主の吉右衛門からの知らせが入った。

早速、かけつけて行った源三郎が、「かわせみ」へ来ての報告では、彦太郎が怪我をしたのは昨夜のことで、水油売りの帰り道、柳原の土手の近くで酔っぱらいに喧嘩を売られて、匕首《あいくち》のようなもので太股を刺されたのだという。

「町内の医者が手当をしましたが、暫くは動けまいということでして……」

不思議なのは、それほどの傷を負ったのに彦太郎は声を上げて救いを求めることもせず、逃げる途中で番屋へかけ込むこともなく、血まみれになって家へたどりついている点であった。

「無論、彦太郎が襲われた現場をみたという者も、今のところありません」

もっとも、夜であった。

柳原の土手は昼の間こそ露店が並ぶが、夜はみんな閉めて帰ってしまう。夜更けになれば、今度は夜鷹などという春をひさぐ女達が出没するが、宵の口は逆に人通りが少い。

「酔っぱらいは何人だったんだ」

「彦太郎は二人だといっていますが……」

何分にも目撃者がいない。

「どうも気になるなあ」

十三年前、両親を失った彦太郎が、家の焼跡から掘り出した金というのがひっかかると東吾はいった。

「正確な金額は名主も知らないんだ」

兄妹の今の暮しが質素なところからみてもそう大金でなかったとは思うが、

「水油の小売りをしていたような夫婦が、まとまった金を縁の下に埋めておけるものかどうか」

育ち盛りの二人の子を抱えていて、店も大家から借りていた。

「しかし、いくらかの金があったからこそ、彦太郎は妹と二人の暮しを支えて来たわけでしょう」

十五と八つの焼け出されが無一文では十三年後にまがりなりにも自分の店を出すというのは、いささか無理がある。

「調べてくれないか、十三年前の盗っ人の事件だ。その頃、どんな盗みがあったのか、盗賊は捕まっているのか」

「東吾さんは、いれずみの男を気にしているわけですな」

承知しましたと源三郎が帰った次の日、今度は長助が講武所の前で東吾を待っていた。

女連れである。

「驚いたな。長助親分が煙草屋小町と知り合いとは……」

長助がたて続けにお辞儀をした。

「あいすみません」

長助と同じく畝源三郎からお手札をもらっている日本橋の岡っ引の仙吉というのが、

「おはんさんが、畝の旦那と一緒におみえになった若いお侍に会いたいといっているってんで、そりゃ間違いなく若先生だろうと……」

「かわせみ」へ連れて行くのもなんなので、講武所の帰りをみはからって、おはんを伴って来たという。

立ち話も出来ないので、恐縮している長助とおはんを近くの一膳飯屋へつれて行った。

時分どきではないので店は空いている。

長助には酒と肴、おはんには稲荷鮨などをみつくろってやって向い合うと、おはんが泣きそうな顔でいった。

「お願いです。兄さんを助けて下さい」

帯の間から文を出して東吾にさし出した。

開いてみると下手な文字で、

あすよる四ツ、おんなとかねをもって

ふかがわのかくおんじへこい

と書いてある。

「おんなというのは、お前のことか」

東吾にいわれて、おはんは涙をこぼした。

「治助という人は、兄さんにあたしを嫁に呉れといったそうです。兄さんは断りましたけど、それで、あきらめるような人じゃないと思います。兄さんの怪我だって……」

「治助、いや五郎三が本名だろう。そいつの仕業と思うか」

おはんがはっきり肯定した。

「この手紙は……」

「あの人が、自分で店へ放り込んで行きました。動けないなら、駕籠に乗ってでも来いって……」

「彦太郎にみせたのか」

「いいえ、兄さんは熱が高くて、とても動かせやしません」

「手紙を持って来たのは、昨日か」

「そうです」

するとと、呼び出されたのは今夜のこととなる。

「深川のかくおん寺ってのは、知っているか」

長助に訊いた。

「猿江町の覚音寺だろうと思います」

猿江の材木蔵の近くで、無住の荒れ寺だといった。

「まわりは田畑ばっかりで……」

「おあつらえの場所だな」

ちょっと考えて、東吾は二人の顔を集め、何事かささやいた。

やがて、おはんは堀江六軒町へ帰り、東吾は「かわせみ」には寄らず、まっすぐに深川の長寿庵へ行く。

そして深夜、おはんが家を出ると町駕籠二挺《ちょう》を呼んで来た。家からは歩くのも漸《ようや》くといった恰好の彦太郎が妹に助けられて駕籠に乗り、もう一つのには、おはんが乗った。

あたりを憚《はばか》るように、ひっそりと駕籠は新大橋を渡って深川へ入る。

小名木川沿いに深川を抜けて、横川にかかっている菊川橋を渡ると、あたりは武家の下屋敷。そして田と畑の間に、覚音寺の屋根がみえる。

まっ暗な本堂の前で、駕籠が止った。

駕籠から下りたおはんが駕籠屋に金を払い、半刻もしたら迎えに来てくれといって追い払った。

駕籠屋は薄気味悪そうに門を出て行く。

おはんが駕籠の傍へ行った。

「兄さん、大丈夫ですか、苦しいんじゃありませんか」

その声を待っていたように本堂の裏から男が一人、出て来た。

「彦太郎、三百両持って来ただろうな」

おはんが彦太郎の乗っている駕籠の前に立って言い返した。

「なにをいっているんです、うちに三百両ものお金なんか」

「あってもなくても持って来るのさ」

「どうして……」

「十三年前、彦太郎が俺達の金を盗んだからだ」

男が本堂の階段を下りて来た。

東吾と源三郎が花屋の店先でみた、あの腕に入墨のあった男である。

「兄さんは盗っ人なんかじゃない。兄さんは……」

おはんの叫びに、相手はせせら笑った。

「彦太郎は俺達の仲間さ。俺達がみんな河豚《ふぐ》に当って死んだと思っていたらしいが、俺だけは生き返ったんだ。あいにく、そこは牢の中だったがね」

低い笑いが不気味であった。

「どうした、彦太郎、出て来い。山嵐《やまあらし》の五郎三が出迎えてるんだ」

駕籠の垂れがゆっくり上って、彦太郎が外へ出た。

「そうか、お前が山嵐の五郎三か」

おはんが彦太郎、いや、彦太郎の代りに駕籠に乗って来た東吾の背後にかくれた。

「貴様……」

五郎三がとび下り、匕首を抜いた。

「俺を欺しやがったな」

「あいにく、彦太郎はお前の突いた傷が悪くなって、身動きも出来ねえんだ。かわりに俺が話をつけに来た」

「畜生……」

体ごと突いて来るのを、きき腕をとって東吾は軽々とはねとばした。起き上ろうとしたが動けない。

どこにいたのか、長助がとび出して来て、五郎三を縛り上げた。

おはんは東吾にすがりついている。

四

十三年前に江戸を荒し廻った盗賊の首領、山嵐の五郎三は獄門になった。

「全く我々の手落ちで、申し上げる言葉もないのですが……」

当時、彼等を捕えた同心、平野良三郎が畝源三郎に話したところによると、山嵐の一味は、その頃、すでに荒れ寺だった覚音寺をかくれ家にして盗みを働いていたのだったが、内偵の役人達が彼等の住み家を探り出し、捕縛に行ってみると、一味は河豚に当って死んでいた。

「山嵐の一味は六人だったそうですが、五人までが絶命していて、一人だけ脈があった。それで牢へ運んで医者が手当をすると息を吹き返したそうです」

それが、実は首領の五郎三だったのだが、当人は自分は治助といい、脅されて仲間に入っていたが、人殺しをしたことはなく、いつも見張りに使われていたと申し立てた。

「なにしろ、首領の顔を知っている者はなく、他の五人は死人に口なしですから、治助のいい分が通って、入墨の上、江戸払いとなりました」

うまうまと五郎三は役人の目をごま化して江戸から逃げ出したものである。

十年程は上方で盗っ人をして暮していたが、危くなって逃げ出し、諸国を廻って江戸へ戻ってきた。たまたま煙草を買いに花屋へ来て、彦太郎と出会い、以来、彼をゆすり続けていた。

「それで、彦太郎って人は、やっぱり、盗っ人の一味だったんですか」

ところは「かわせみ」の居間。集っているのは、いつもの「かわせみ」の連中に、源三郎と長助。夢中になって口をはさんだのは、勿論、女中頭のお吉であった。

「彦太郎は一味というわけではありません。ただ、焼け出され一文なしで、八つの妹は抱えている。食べるために十五の子が仕事をえらぶ余裕がなかったんです」

源三郎が含みのある言い方をした。

「彦太郎の話だと、最初は盗っ人と知らず、見張番をさせられたのだそうです。やがて、気がついた時は、下手に仲間を抜ければどんなことになるかわからない。黙って見張役をつとめていれば、その日その日、兄妹二人が食べて行ける。ずるずると働いていたというところでしょう」

たまたま、本所の大地主の隠居所を襲って金を盗んで引揚げたあと、一味は覚音寺で河豚鍋で一杯やり出した。

彦太郎は酒も飲まず、河豚を食べる気にもならず駄賃をもらって妹の待つ堀江六軒町へ帰った。

翌日、又、覚音寺へ来てみると、どうも様子が怪訝《おか》しい。近所で訊くと、今朝方、役人が覚音寺を急襲して盗賊を召捕ったが、その連中は河豚に当って死んでいて、まことに奇妙な捕物だったといわれた。

「彦太郎は仰天して逃げ帰ったそうですが、何日経っても、自分を召捕りに来る者もない。よくよく考えてみると、自分は堺町の大火で焼け出されたとしか盗賊仲間に話してなく、住み家を教えたことはない。それに盗賊はみんな死んでしまっている。更に思いついたのは、盗賊一味が盗んだ金を覚音寺の床下に壺に入れて埋めていたことで、彦太郎は悪いことと知りながら、それを掘り出して家へ運んだそうです」

一度に三百両ではあやしまれるので、とりあえず、両親の貯めた金ということにしてまず少々で住むところを作り、自分も行商をして働きながら、折をみては妹に着物を買ってやったりした。

「手前がさし出たことと承知しながら、神林様に彦太郎についてお情を願いましたのは、彦太郎の心情が、まことに哀れであったからです」

三百両に少々、手をつけたが、その後、自分の稼ぎで暮しが立つようになると、その分をだんだんに穴埋めして、三百両そっくりを壺に戻し、縁の下にかくして一切、手をつけないでいた。

「その金は、改めて十三年前、盗賊一味が覚音寺にかくしておいたものとして、奉行所へ戻されました」

更に神林通之進の情あるはからいによって彦太郎と五郎三とのかかわり合いは全く表沙汰にならなかった。

彦太郎の五郎三から受けた脚の傷はかなり深く、漸く治ったものの、生涯、片足をひきずるようになった。

「神林様は、それだけで、彦太郎は充分、罪の償いをして居ると仰せられました」

その不自由な足で、彦太郎は二日前に西国三十三カ所へ巡礼の旅に出た。

「神林様のお情に対して、彦太郎は彦太郎なりに、自分に出来る罪の清め方を考えたものでございましょう」

しんと聞いていた嘉助がいった。

「すると、お留守はおはんさんお一人で……」

源三郎が笑った。

「まあ、名主や近所の者もついているし、女一人でもどうということはないでしょう。おはんはしっかり者ですし、兄の帰る日を待ちながらせっせと煙草を売っているといっていました」

時折は自分ものぞいてみるし、

「東吾さんも行きがかり上、たまには店を見廻ってやって下さい」

その時の東吾はまるで気のないそぶりで返事もしなかったのだが、それから半月ほどして、るいが出来上って来た浅黄に菖蒲の柄の着物を、いったい何時《いつ》東吾に着てみせようか、帯はどれを合せたらと思案していると、

「お嬢さん、ちょいと来てみて下さいまし」

お吉がまっ赤になっていいつけに来た。

「まず、これをごらんなすって……」

嘉助の部屋であった。

「いけませんよ。番頭さんの部屋へ勝手に入っては……」

「かまいませんよ。今、お風呂をたきつけてますから……」

遠慮なく、お吉があけた嘉助の押入れに、ずらりと積んであるのは、煙草、煙草、煙草。

「これ、みんな、堀江六軒町の花屋の煙草だってことは、お嬢さん、あとは申し上げなくてもおわかりですよね」

るいのきれいな眉がきっと上ったのをみて、

「お嬢さん、たまには若先生にお灸《きゅう》をすえないと……、殿方ってのは放っておくといい気になって、なにをなさいますやら、知れたもんじゃあございませんよ」

お吉が嬉しそうに、けしかけた。

そんなこととは露知らず、東吾は今日も花屋で買った煙草の包を袂に入れて、いそいそと大川端へ帰って行く。

八丁堀《はっちょうぼり》の湯屋《ゆや》

一

梅雨の晴れ間の、さわやかな風のある午《ひる》すぎ、嘉助がいつものように湯手拭を下げて出かけようとすると、お吉がとんで来た。

「番頭さん、松の湯、今日、休みですよ」

長らく寝ついていた主人が歿《なくな》って、通夜と明日の野辺送りと二日は店を閉めるという。

「ちっとも知らなくて、あたしもさっき、若い女中達《こ》と一緒に出かけて、たまげちまったんですよ」

「それで、お吉さん、どこへ行きなすった」

「新堀町の金太郎湯。でも、狭くって、うすっ暗くて、あんまりいい湯屋じゃありませんでしたよ」

湯銭を忘れないようにと十文を渡してくれる。

行きつけの湯屋は、その都度《つど》、湯銭を払う面倒を避けて、一人一月分百四十八文を払って羽書《はがき》という手札を貰う。

それを見せれば、一日に二回入ろうと五度顔出そうと一向にかまわないという便利なものだが、行きつけの湯屋でしか通用しない。

嘉助の持っている羽書は勿論、松の湯のだから、改めてお吉がよこした十文を懐中にして「かわせみ」の裏口を出た。

外の日ざしは、まるで盛夏のようである。「かわせみ」は旅籠《はたご》なので、客用の風呂があった。

けれども、奉公人は近所の松の湯へ行く。

嘉助も、冬のごく寒い間とか、客の少い時には、るいから、

「かまわないから、内湯を使いなさい」

といわれているので、そうさせてもらっているが、季節のいい時は、むしろ、湯屋へ行くのを楽しみにしていた。

女中や若い衆は、客が出立したあと、部屋の掃除や布団干しが一段落した午少し前に出かけて行くが、嘉助は大抵、昼飯を軽くすませて一服してからと決めている。

その時刻が、湯屋は一番、すいているのと、松の湯の場合、午前中に減った湯量を足して、薪《まき》をたきつけるから、たっぷりで熱い湯に仕上っているのであって、江戸っ子の

熱湯好きを自認する嘉助は、そこをねらって入りに行くのであった。

大川端を出て、嘉助はまっすぐ八丁堀へ向っていた。

お吉にいわれるまでもなく、金太郎湯へ行くつもりはなかった。

どうせ、行きつけてない湯屋の暖簾《のれん》をくぐるなら、亀島町の大黒湯と決めている。

大黒湯は、嘉助がまだ、るいの父親、庄司源右衛門のお手先として八丁堀の組屋敷にいた時分、贔屓《ひいき》にしていた湯屋であった。

大川端町に移ってからは、すっかりの無沙汰だったが、この際、脚を伸ばして昔馴染へ行ってみようと思った。

霊岸橋を渡って、亀島川に沿って行くと大黒湯の看板がみえる。そのむこうが八丁堀の組屋敷であった。

土間で下駄を脱ぐと、下足番が下足棚にのせてくれた。以前、嘉助が顔を知っていた下足番ではない。

番台には若女房がすわっている。

まあ、お珍しい、嘉助親分、といいかけて、

「番頭さん」

といい直した。大黒湯の家付娘のおすみである。昨年、聟《むこ》をとって、その祝には嘉助も顔を出した。

「お父つぁん、変りないかね」

昔馴染に、嘉助の表情が柔らかくなった。

「ええ、ですけど、この頃、すっかり隠居様で滅多に番台にも上ってくれません」

今は町内の髪床へ行っているが、すぐ帰って来るだろうから、ゆっくり湯に入ってくれといった。

「きっと、大喜びすると思います」

湯銭をおいて、板の間で着物を脱ぎながら、嘉助はあたりを見廻した。

板壁に張ってある火の要心の張り紙が昔のままである。

男湯のほうには、客がいなかった。

湯屋が一番、暇《ひま》な時刻、番台が居ねむりの出る午下りである。

ざっと洗って柘榴口《ざくろぐち》をくぐる。

大方の湯屋はこの柘榴口の上に鳥居のような飾り屋根がついていて、そこに牡丹に唐獅子などのすかし彫りが入っている。

大黒湯は、その名にちなんで、大黒天が彫ってあった。

湯の中は暗かった。

一尺四方の小窓があるだけである。

肌がひりひりするような熱い湯に、嘉助はゆっくり体を沈めた。

裏のほうで、おすみが、

「かわせみの番頭さんは、熱い湯がお好きだけれど、ぬるいってことはないだろうね」

と若い衆に訊《き》いている声が聞える。

これだから、昔馴染はありがたいと、嘉助は湯手拭を頭にのせて、ゆっくり目を閉じた。

二階で男の話し声がする。

男湯の二階には大広間があって、八文の銭を払って上ると湯茶の用意があり、もう八文出せば茶菓子も食べられる。

町内の男達のたまり場になっていて、世間話に花が咲く。

嘉助も若い時分、将棋に凝っていて、大黒湯の二階に通ったことがあったが、その最中、まわりの噂話から人殺しの下手人を捕えるきっかけを掴んだという思い出がある。

洗い場で体を洗っていると、隣の女湯にがやがやと入ってくる声が聞えた。

男湯と女湯の間は厚くもない羽目板で、これは、寛政の頃まで江戸の湯屋は男も女もいわゆる入れ込みであったのが、老中、松平定信が男女を別にするようきびしいお触れを出して、やむなく、まん中に板を入れて男女の仕切りを作ったのが始まりだから、いってみれば一つの体裁で、羽目板の下の部分はつながっており、上は天井まで開いている。

従って、男湯、女湯の声はどっちからも筒抜けであった。

女湯のほうは、子供達であった。

稽古仲間か寺子屋の帰りでもあるのだろう、小鳥のようにぴいぴいと喋っている。

その中で、ひときわ甲高い声が嘉助の耳に入って来た。

「あんたなんぞおっ母さんがやさしいから、いいほうだよ。うちのおっ母さんは口やかましくて、怒りんぼうで……あたしなんぞ朝から手習いのお師匠さんのところへやらされて、その次が三味線の朝稽古、やっと帰って来て朝の御膳を食べたら、それ踊りのお師匠さんとこ、寺子屋へ行って、昼からお琴の稽古で、家へ帰ったら、また、おさらい……それも、ついててがみがみいうんだもの、生きてる心地がありゃしない」

つい、嘉助は笑ってしまった。

いくつの子か知らないが、生きてる心地がありゃしない、というませた口調が可笑《おか》しかったからである。

その中に、羽目板をとんとんと叩いて、

「小父《おじ》さん、うめておくれよ、熱くて入れないよう」

と叫んでいる。

嘉助は湯から上った。

女湯と男湯の湯舟の下は通じているので片方がうめれば、こっちもぬるくなる。

板の間へ戻って、着物を着ていると、この湯屋の主人の長兵衛というのが挨拶に来た。

「あいすみません。どうも、子供らがうるさくしまして……」

嘉助は笑った。

「なあに、もう上るところだったんだ」

おすみちゃん、いい内儀《かみ》さんになったねえと、満更、世辞でもなく賞めた。

「まあ、だんだんと若い者にまかせて行こうと思ってますが、なかなかけじめがつかなくって……」

長兵衛が番台のところへ行った。

「今日も、およねちゃんが愚図愚図していたら、叱って早く帰さねえといけねえぞ。また、和泉屋のお内儀さんに嫌味をいわれるんだから……」

「そんなこと、わかってますよ」

おすみがつんとふくれてみせた。

「だけど、朝から晩まで稽古、稽古だっていうから、つい……」

寺子屋帰りの一団が男湯のほうにも殺到して来た。

嘉助は礼をいって、大黒湯を出た。

長兵衛がいっていたおよねというのが、先刻、湯の中で大声で愚痴をいっていた子だろうと思う。

大川端へ帰って来ると、帳場にるいとお吉がいた。

麻の客布団を新調したのが届いたところだという。

「番頭さん、大黒湯へ行ったんでしょう」

お吉に図星をさされて、嘉助は苦笑した。

「つい、なつかしくてね」

「お嬢さんと、きっとそうだって噂してたんですよ」

るいも微笑した。

「あちら、皆さん、お変りもなく」

「へえ、おすみちゃんがいっぱしの湯屋の内儀さんぶって、番台にすわってました」

お吉と一緒に麻布団を客部屋へ運びながら、嘉助が、昔とあまり変っていない大黒湯の話をすると、すぐに、お吉がその気になった。

「あたしも、明日、行ってみますよ」

二

神林東吾が講武所の帰りに、兄の屋敷へ寄ってみると、兄嫁の香苗《かなえ》が桃の葉を庭へ広げた菰《こも》の上に並べていた。

「うっかりしていましたが、ぼつぼつ、土用ですね」

土用になると、神林家は庭の桃の葉をかげ干しにして湯に入れる。

いわゆる土用の暑気払いで、江戸の湯屋でも、この日は紋日《もんぴ》になっていた。

「義姉上《あねうえ》は、湯屋の紋日を御存じですか」

東吾にいわれて、香苗は涼しげな目許《めもと》に笑いを浮べた。

「たしか、御祝儀をお持ちするのでしょう」

「そのお口ぶりでは、あまり御存じないようですね」

少々、得意気に東吾は話し出した。

実をいうと、昨日、嘉助から聞いたばかりである。

「湯屋の紋日と申すのは、一月でいえば元日から七草までと、十六日の藪入り、二十日正月、それに蔵開きですか」

二月は初午、三月は上巳《じょうし》の節句、五月は端午の節句。

「紋日には、まず湯銭が十二文となりますので、おひねりにして持って行きます。その他に、湯屋の奉公人に少々の心づけを、こっちは水引包にして行くのです」

香苗はたのしそうに義弟の話を聞いている。

「湯銭は当今十文ですが、不心得な奴は昔のままに八文しか持って行かないそうで、ですから紋日というのは湯屋にとって、一息つける収入《みい》りだとか……」

「お値段が高いと、お湯屋へ行く人が減ったりは致しませんの」

「江戸っ子は見栄っぱりですからね、普段、けちけちしていても、こういう時はきっぱり十二文出すそうです。むしろ、いつもより客が多くて混雑するのだとか……」

背後に笑い声が聞えて、東吾はふり返った。

たった今、奉行所から下って来たらしい兄の通之進が裃《かみしも》姿で立っている。

「久しぶりに早く戻って、東吾の講釈を聞いたぞ」

居間へ入って、着替えながら、兄が訊ねた。

「其方のところは、町の湯屋へ参るのか」

神林家には内湯があった。

八丁堀に住む与力、同心は自分の屋敷に風呂があっても、湯屋へ行く者が多かった。

だが、通之進は生来の潔癖性で、東吾が知る限り、湯屋へ行ったことはない筈であった。

「いえ、かわせみは旅籠ですし、手前共のための湯もございます。けれども、奉公人は湯屋へ参りますので……」

「世間では八丁堀の七不思議と申すそうじゃな」

通之進が続けた。

「女湯の刀掛とか……」

それは、東吾も知っていた。

八丁堀界隈の湯屋では、女湯にも刀掛をおくのが、いつの頃か通例になっていた。

江戸の湯屋は、辰の刻（午前八時）には店を開ける。

早速に押しかけるのは、医者や隠居、或いは前夜、岡場所で遊んで朝帰りなどの連中で男湯はかなり混雑する。

それにひきかえ、女湯のほうはどう早い客でも午近くにならないと湯屋には来られないので、朝の中は、まず人っ子一人いない。

与力、同心の奉行所へ出仕する時刻は巳の刻（午前十時）と決っているので、比較的、朝はゆっくりできる。

そのために、朝湯に入って出仕する者が少くなかった。

湯屋のほうも気を遣って、どっちみちあいているのでと、女湯を勧める。それが、いつの間にか八丁堀の習慣になっていた。

それが、女湯の刀掛であった。

「弁解するわけではありませんが、別に女湯に入ったとて、みだりがましい気持があるとは思えません」

八丁堀の旦那方の入湯中に、もし女客が来れば、番頭がそのことを話して待ってもらうから、混浴になる気づかいはなかった。

「むしろ、男湯のほうから聞える話が、探索の役に立つこともあるのではありませんか」

通之進が香苗の運んで来た麦湯を飲みながら苦笑した。

「そう肩を怒《いか》らすな、わしは別に女湯の刀掛をとがめているわけではない。それほどの野暮ではないつもりだ」

で、東吾はつい、図に乗っていった。

「大体、男湯、女湯と区別するのは江戸だけだと申します。少し、田舎へ参ると、入れ込み湯が当り前のことで、それはそれで便利なこともあるそうです」

「なにが、便利と申すか」

「つまり、女房と亭主が一緒の湯に入るわけで、背を流してやったり……」

兄と兄嫁が顔を見合せて笑い出したので、東吾は慌てた。

「いや、手前は別に左様なことは……」

そそくさと立ち上った。

「帰ります」

通之進が手を挙げた。

「馬鹿者、なにか用事があって参ったのではなかったのか」

兄の視線が東吾が廊下においた竹籠をむいている。

「そうでした。講武所の前の菓子屋に珍しい菓子がありましたので、義姉上にと……」

細い竹の筒の中に水羊羹《ようかん》を流し入れたものであった。

「どうぞ、召し上って下さい」

竹籠ごと、部屋の中へおいて、東吾は兄の屋敷をとび出した。

大川端の「かわせみ」へ帰って来ると、畝源三郎が来ていた。

「たてまえは宿帳改めですが、女房が実家《さと》へ帰っていますので……」

親類の法事に源太郎を伴《つ》れて出かけているという。

「そりゃあいい、久しぶりに一杯飲もう」

るいは浴衣を二枚出していた。

「お仕度が出来ますまでに、お二人で一汗流してお出《い》でなさいませ」

内湯へは、東吾が源三郎を案内した。

「東吾さんは贅沢ですな」

この時刻に湯屋へ行ったら芋を洗うようだと源三郎がいう。

「源さんなんぞは、女湯の刀掛だろう」

今しがた、兄の屋敷でその話が出たばかりである。

「手前は、いつも、お役目を終ってから、男湯のほうへ行ってます」

「どうして」

「どうしてといわれても困りますが、まあ、男は男湯のほうが気らくなものですよ」

「しかし、終《しま》い湯では汚れがひどいだろう」

「手前は、あまり湯舟には入りません。上り湯をもらって浴びて済ませます」

そんな毎日だけに、ゆっくり湯舟で手足が伸ばせるのが嬉しそうであった。

男二人が浴衣で戻って来ると、居間ではるいとお吉がお膳を並べて待っている。

「久しぶりに、いい湯でした」

源三郎が礼をいい、

「源さんは女湯が苦手なんだとさ」

八丁堀の旦那のくせに、終い湯に入っていることを、東吾がばらした。

「畝様は、どちらのお湯屋ですか」

鮎の骨を抜いていたお吉が訊き、

「大黒湯ですよ」

と答えたとたんに、

「実は今日、大黒湯へ参りましたんですよ」

お吉が張り切って話し出した。

「昨日、番頭さんが行って、なつかしがっていたもんですから、あたしもその気になって亀島町まで行ったんです」

「まさか、八丁堀の旦那方と鉢合せしたんじゃあるまいな」

東吾が茶化し、お吉が真顔で手を振った。

「とんでもない。私が参りましたのは、午になる前で、女湯のほうは洗い場に二、三人、湯舟に三、四人といった具合で、それも私が入りました時に大方《おおかた》が上ってしまって……」

ふと、お吉が思い出し笑いをした。

「女は長湯だと申しますが、子供でもあんなに長湯をするのかって、あきれてしまうようなのが居りましたんです」

お吉が入る前から湯舟と洗い場を出たり入ったりしていて、なにをするでもなく愚図愚図している。

「あたしが上っちまって、番台のおすみさんと話をしていたら、その子ものぼせたような顔で上って来て、着物を着たかと思ったら、今度は板敷で姉様《あねさま》人形なんぞを出して一人っきりで遊んでいるんです。おすみさんに訊いたら本八丁堀で伽羅《きやら》之油を商っている和泉屋の娘で、親がお出入り先のお屋敷へ奉公に出すつもりで、いろいろな稽古事をさせているとかで、お湯屋が、その子にとっては、たった一つの逃げ場なんだそうです」

「いくつなんだ、その子……」

東吾がいつものように熱心にお吉の話を聞いてやって問うた。

「小柄で幼くみえますけど、十二になっているそうですよ」

「それじゃ、ぼつぼつ、奉公に出す気なんだろうな」

裕福な町人が、娘に箔《はく》をつける意味で、つてを頼って大名の奥仕えなどに奉公に出すのが流行《はや》っていた。

別に給金を頂くわけではなく、行儀見習であった。嫁入りまでの三、四年の奉公だから十二、三で行くことになる。

「当人のためか知りませんが、遊びたい盛りを、なんだか、かわいそうな気がしました」

例によって、お吉は単純にその小娘に同情をしている。

「ま、しかし、湯屋とはいいかくれ場所を考えたもんだ」

東吾がお吉の話にけりをつけ、今度は育ち盛りの源太郎に話題が移った。

「源さんも、あれで、けっこう親馬鹿だな。源太郎のことになったとたんに酔いが廻っちまったじゃないか」

機嫌よく源三郎が帰ったあとで、東吾はそんな憎まれ口を叩いた。

三

翌日、東吾が築地の軍艦操練所を午すぎに終って、いつもの道を帰って来ると、深川、長寿庵の長助が待っていた。

「畝の旦那が、ぼつぼつ、若先生のお帰りになる時刻だとおっしゃいましたんで……」

途中まで迎えに来たという。

「八丁堀の近くの湯屋で、人殺しがございまして……」

ちょいと眉をひそめるようにして告げた。

「そいつがその……深川本所方をお勤めの松田庄三郎様だということで……」

町奉行配下の同心である。

「喧嘩口論の上の殺傷か」

場所が湯屋と聞いて、ふと思った。

かけ湯がはねたの、肩がぶつかったのと、他愛もないことから、湯屋での喧嘩がはじまるのを知っていたからである。

長助がゆるく首を振った。

「どうも、そういうことじゃございませんようで……」

今にも降り出しそうな空模様の中を、長助が案内したのは、亀島町の大黒湯であった。

入口に野次馬が集っているのを、お手先が追い払っている。

大黒湯の戸口は、男湯、女湯ともに閉っていた。

「若先生をおつれしました」

長助が声をかけると、女湯のほうの戸があいて、若い男が顔を出し、すばやく二人を内に入れた。

「お手数をおかけ申します。手前は和吉と申します」

大黒湯の聟、つまり、おすみの亭主である。

番台の所に畝源三郎がいた。

平素はあまり、ものに動じない男が、青ざめている。

「本所方の旦那が殺《や》られたそうじゃないか」

東吾が近づくと、

「湯の中に沈んでいたんです」

長助に低声でなにかをいいつけ、東吾をうながして女湯のほうへ行った。

板敷のすみに刀掛がある。

太刀が一振、その下に小刀の鞘《さや》が落ちている。

「松田庄三郎どのの佩刀《はいとう》です」

「小刀の中身がないが……」

「それは……」

源三郎が顔の汗を拭いた。

「松田どのの胸に突きささっていました」

左胸部に自分の小刀を突き立てた恰好で、松田庄三郎は女湯の湯舟の中に沈んでいたという。

「遺体は先程、運び出しましたが……」

洗い場には桶がまん中に一つ、すみに二つ、あとは片すみに積み上げてある。

柘榴口を入ると血の匂いがした。

暗くてよくみえないが、湯はまっ赤に染っているらしい。

湯気と汗でびっしょりになって、東吾と源三郎は板敷へ出て来た。

「死体をみつけたと申しますか、異変に気がつきましたのは、亀島町の清元の師匠で寿三栄と申します」

五十そこそこだろう、鳴海絞《なるみ》りの浴衣を着た女が番台の横にべったりすわり込んでいて、おすみが団扇《うちわ》であおいでやっている。

「何度もすまないが、先程、わしに話してくれたことを、もう一度、たのむ」

源三郎にいわれて、まだ興奮し切ったままで喋り出した。

「最初は、なんにも知らなかったんですよ、魚のような、生臭い匂いがするとは思いましたけど……」

一緒に来た内弟子のお梅と湯舟につかり、洗い場に出て、

「お梅が、お師匠さんの手拭がまっ黒になっちまってるって……」

朝っぱらから、随分、湯が汚れていると三助に文句をいってやろうと柘榴口まで来て、はじめて、手拭が赤いのに気がついた。

「人が殺されてるなんて思いもしませんでしたけど、なんだか怪訝《おか》しいっていったら、三助の吉三さんが入って行って……もの凄い声が聞えて……」

湯の中に人が沈んでいると聞いて、女二人は腰がぬけたようになった。

「その時、女湯に入っていたのは、お前達二人だけだったのか」

東吾は訊き、寿三栄が合点した。

「早く来たおかげで、すいててよかったって喜んだんですけど……」

大黒湯には八丁堀の旦那方が来るのを知っているから、彼等が帰る五ツ半（午前九時）を目安にしてやってきたといった。

東吾は、団扇を持って立っているおすみに訊いた。

「今朝、番台にいたのは……」

「あたしです」

情なさそうな声であった。

「いつも、朝から午すぎまでが、あたしで、夕方からはうちの人が……」

「松田どのが、湯に来られたのは……」

「店を開けて少ししてからでした」

五ツ（午前八時）を過ぎていたと思われた。

東吾が寿三栄をふりむいた。

「お前達が来た時、板の間には誰もいなかったのだな」

「ええ」

「刀掛に刀があった筈だが、気がつかなかったのか」

「うっかりしたんです。なにしろ、男湯のほうで大喧嘩の最中で……そっちに気をとられちまって……」

「喧嘩があったのか」

おすみと吉三と和吉がいっせいにうなずいた。

「新堀町の雪駄問屋の倅《せがれ》の丑之助と、鳶《とび》の若いので辰吉というのが、昨夜の博打のことで喧嘩になったそうです」

傍から源三郎がいった。

「そいつらは……」

「同じ時にこの湯屋にいた連中ともども、二階に上げてあります」

梯子《はしご》段を上って行くと、広いところに十二、三人が途方に暮れたようにすわり込んでいる。

丑之助と辰吉は青菜に塩の体たらくであった。

昨夜は博打場で夜あかしをして、湯屋の開くのを待ってとび込んだ。

「つれて行ったあっしがすってんてんで、丑之助のほうはけっこう当りましたんで、ついむかむかしちまいまして……」

洗い場の溝のところで辰吉が小便をして、それが丑之助の足にかかって苦情をいったのが始まりで、双方が水をぶっかけ合い、とめに入ったのが入り乱れてとっくみ合いになってしまった。

さわぎをきいて和吉もとび出し、三助や湯汲番までかけつけたが、どうにもおさまらない。

誰が悪いの、彼が悪いのとわいわいさわいでいたのが、しんとなったのは、女湯で死人がみつかったと知らされてのことであった。

「すると、男湯の喧嘩は随分と長かったのだな」

五ツ過ぎにはじまって、五ツ半すぎまで半刻も続いたことになる。

「松田どのが来られた時は、喧嘩は始まっていたのか」

と東吾。

「まだでした」

おすみが答えた。

「あちらが湯にお入りになってすぐでした」

湯汲番も肯定した。

「あっしが湯を汲みに女湯のほうへ行こうとしたら、どたんばたんとおっぱじまって……」

「今朝、女湯のほうは、松田どのが来られるまで、客はいなかったのか」

「はい」

という返事であった。

「男湯のほうは店を開けたとたんに、どっとお客が入りまして……今日は紋日なんでおひねりやら御祝儀などを頂きますし、手拭や糠袋《ぬかぶくろ》を借りたいというお客もありましたし……」

朝から男湯へ入った客は、二階に留められている十数人だけではなく、女湯のさわぎが起る前に帰った客も少くないらしい。

「そうか、今日は土用の桃の湯か」

いわれてみれば、番台に三方《さんぼう》がおいてあって、おひねりと祝儀包がかなり載っている。

四

女湯で死体がみつかった時、大黒湯にいた連中は、いずれもこの近くに住んでいる顔見知りばかりで、各々、名前を書いた下に爪印《つめいん》をおさせられて家へ帰された。

「あの中に、下手人がいると思いますか」

大黒湯の後始末を町役人にまかせて、東吾と一緒に外へ出てから、畝源三郎が憂鬱そうにいった。

「もしも、下手人が男湯のほうから女湯へ入って松田どのを殺したのなら、とっくに逃げちまってるだろう」

男湯と女湯の湯舟は羽目板で区別されているが、下のほうは、人一人、湯の中をもぐって通れないことはない。まして、男湯では派手な喧嘩の最中であった。

「あの喧嘩、偶然だろうか」

東吾が呟《つぶや》いた。

「偶然とすれば、あまりに上手《うま》く出来すぎているような気もする」

「手前も、それは考えました」

丑之助と辰吉が昨夜いたという賭場を調べてみると源三郎はいう。

「松田庄三郎という仁はいくつなんだ」

「四十二、三だと思います」

組屋敷には、女房と二十になる悴がいる。

「自殺ということはありませんか」

と源三郎。

「そんな理由があるのか」

「今のところ、わかりませんが……」

「女湯で、素裸でか」

東吾が苦笑し、源三郎も首を振った。

仮にも、奉行所の役人であった。気でもおかしくなっていたのならともかく、通常では考えられない。

源三郎と別れて「かわせみ」へ帰って来ると、すでに大黒湯の殺人事件は大川端にまで聞えていて、早速、東吾は今みて来たばかりの状況をこと細かに喋らされる始末となった。

「下手人は漁師ですよ。佃島のほうで素もぐりの上手な男を探ってみたら、どうでしょうか」

といったのはお吉。

流石《さすが》に嘉助のほうは分別くさく、

「松田の旦那は、どなたかに怨まれてお出でだったんでござんしょうか」

と考えている。

正直のところ、東吾にも見当がつかなかった。

丑之助と辰吉の喧嘩が誰かに頼まれて仕組んだことならば、そこから手がかりがあるかも知れないと思っていたのだが、何日か経って、源三郎の報告では、賭場を調べた結果、両人の申し立てに相違はなく、故意に喧嘩をしたという可能性は薄いということであった。

又、松田庄三郎に関しても温厚な人柄で他人に怨みを受けるとは考えられず、又、そういった事件もなかったという。

奉行所では、湯屋で死んだというのは外聞が悪いので、病死ととりつくろい、家督は一人息子に相続させることにした。

その一方で、松田庄三郎殺しの下手人の探索は丹念に続けられていたが、手がかりは全くなかった。

そして一ヵ月。

東吾とるいが夕餉の膳についていた時、お吉が外で聞いて来たといって、和泉屋のおよねの話をした。

「あの、稽古事ばっかりさせられて、お湯屋へ逃げて来ていた娘さんですが、水戸様の奥向きに御奉公に上ったとのことですよ」

親のほうは自慢たらたら、近所に吹聴《ふいちょう》しているというのに、当人のほうはよくよくいやだったとみえて、

「御奉公に上る当日の朝、行方《ゆくえ》知れずになっちまったんだそうですよ」

親達が驚いて近所を探している最中、ひょっこり戻って来たが、

「子供心にも観念したっていうんでしょうか、大人しく仕度をして、お屋敷へ行ったようです」

三、四年も経って帰ってくれば、さぞかし、いい所へ嫁入りが出来るのだろうと町内の評判になっているらしい。

飯を食べながら聞いていた東吾が不意に箸《はし》を止めた。

「その娘、たしか、大黒湯に来ていたんだな」

お吉が湯呑にお茶を注ぎながら答えた。

「そうです。あたしも大黒湯で会いましたよ」

「奉公に上った日は、いつなんだ」

「一カ月ばかり前だといってましたが……」

東吾がすいと立った。

「ちょっと、源さんの所へ行って来る」

源三郎が、東吾に依頼されて一緒に、和泉屋楽次郎の店へ行った。

伽羅之油を売る、なかなか立派な大店《おおだな》であった。

訊いてみると、およねが水戸家へ奉公に上ったのは、大黒湯での殺人があったのと同じ日である。

「その朝、およねの姿がみえなくなったそうだが、それは、何刻頃のことなのだ」

東吾の問いに、およねの母親のお千賀は、

「五ツになって、お湯屋が開きますので、きれいな湯に入っておいでと出してやりましたが、いつまで経っても帰って参りません。大黒湯へ店の者をやりましたが、来ていないとのことで……その中、ひょっこり戻って来まして、八丁堀の近くの湯屋は、お奉行所の旦那方がお入りなさるので、新堀町の湯屋に行ったと申します。たしかに私としたことが、うっかりして居りまして……」

女湯に刀掛のある湯屋を知らないわけでもなかったのに、つい、失念したと頭を下げた。

「およねの様子に不審なことはなかったか」

という東吾の問いにも、

「別に、これということはございません。ききわけのよい子で、当日は神妙に出かけて参りましたし、親の口から申すのもなんでございますが、急に大人びたように見えまして……」

と満足そうであった。

和泉屋を出て、東吾は人通りのない亀島川の木かげに源三郎を誘った。

「これは、あくまでも俺の推量だ」

あの朝、およねは大黒湯へ行ったのではなかったかと東吾はいった。

「当日は紋日で、男湯のほうは店が開くと同時にどっと押しかけて、番台のおすみはてんやわんやだった」

まだ番台に馴れていない若女房である。

「およねの入って来たのを、うっかり見逃したということは考えられるだろう」

もともと、女湯のほうの客は早朝から来ることはない。

八丁堀の旦那方なら、番台に挨拶があるから気がつくが、小さな女の子がするりと抜けて行った分には、わかりにくかったかも知れない。

「およねはいつものように衣裳を戸棚にしまって湯に入る。そのあとに、松田どのが来た」

こちらは女の子が入湯しているのに気づかず、大小を刀掛におき、着物を脱いで板の間へ行った。

その直後に、男湯のほうで喧嘩が始まった。

「待って下さい」

源三郎は悲痛な表情になった。

「松田どのは、女湯に入って、およねのいることに気がついたと思いますが……」

東吾が視線を落した。

「そこで、何があったかは俺もいいたくはない。が、仮におよねが少々、声をあげても、男湯のさわぎで聞えはしなかっただろう」

分別盛りの男が、十二の小娘を相手に狼藉《ろうぜき》を働くというのは考えにくいが、

「湯屋というのは、おたがい素裸なんだ。なまじっか、小娘が怯えたり、恥かしがったりすると男は妙な気分になるんじゃないのか」

「では、およねが下手人だとおっしゃるのですか」

「他に考えられるか」

凌辱されたおよねが、男の腕を逃れて板の間へ逃げて来る。そこに男の大小があった。

「およねは小刀を抜いて、洗い場へとってかえした。男はおそらく湯に入っていたのだ

ろう、小娘が入ってくるのに気がついてふりむいた時には、自分の小刀が胸に突き立てられていた……」

ふうっと、源三郎が息を吐いた。

「怖ろしい推量ですな」

「当っていなければよい。念のために、およねが行ったという新堀町の湯屋を聞いてみることだ。女湯のすいている時刻だから、いつも来たことのない小娘がやって来たのなら、番台もおぼえているだろう」

源三郎が暗い顔のまま、立ち上った。

「もし、新堀町の湯屋に、およねが来ていれば、早速、東吾さんに知らせに行きます」

「待っている」

だが、「かわせみ」で東吾が首を長くしていたにもかかわらず、源三郎からはなにもいって来なかった。

夏から秋へ、松田庄三郎殺害の下手人は挙がらず、探索は自然に解散となった。

源三郎は勿論、東吾も自分の推量を口に出すことはなかった。

証拠がない。

それに、仮にも八丁堀の旦那が女湯の中で小娘に悪戯したなどとは、間違っても表沙汰には出来ない。

大黒湯は事件のあと、店を閉めて湯舟をすっかり取り替えたが、それでも、女湯のほうは客が敬遠するようであった。

八丁堀の旦那方も、ぷっつりと通って来なくなった。

大黒湯だけではなく、八丁堀界隈の湯屋の女湯に、組屋敷の者が入湯するのも、なんとなく憚《はばか》られる感じで、湯屋によっては刀掛を片づけてしまったところもあった。

そして、これは、ずっと後のことだが、その年の暮に、畝源三郎が東吾を訪ねてきて、そっと告げた。

「水戸様へ御奉公に上っていた和泉屋のおよねと申す娘が、奥庭の古井戸へとび込んで死んだそうです」

理由は、どうも傍輩《ほうばい》から肥ったの、腹が大きいのとからかわれたのを苦にしてではないかといわれているという。

「東吾さんの推量が当ったような気がします」

律義な同心は、ぽつんといって悲しい顔をそむけた。

東吾も亦《また》、答える言葉がなくて、友人の背をみつめていた。

春《はる》や、まぼろし

一

一日、うだるような暑さで、神林東吾が白麻の背中にぐっしょり汗をかいて大川端へ帰って来ると、庭先のほうで読経《どきょう》が聞えた。

お経に玄人《くろうと》はだしというのも可笑《おか》しいが、かなり年期の入った声である。

今朝、東吾が「かわせみ」を出る時、るいはもとより番頭の嘉助も、女中頭のお吉も、夏ばてとは無縁の顔で、

「いってらっしゃいまし。お早くお帰り遊ばせ」

と見送ってくれたし、「かわせみ」の奉公人で体を悪くしている者があるとも聞いていなかった。

で、何事だろうと枝折戸《しおりど》を押して入ると、縁側にるいとお吉が神妙にすわって居り、

その前に縮みの着物に角帯を締めた、どこぞの御隠居様といった恰好の男が数珠《じゅず》をつまぐっている。

「あら、若先生、お帰りなさいまし」

お吉が素頓狂に叫び、隠居が東吾のほうを眺めた。

「さて、これで極楽往生疑いなしでございますよ。安心して葬っておやりなさいまし」

穏やかに笑いながら、東吾に丁重に頭を下げて廊下を帳場の方角へ出て行った。お吉があとを追って行く。

「金魚が死にましたの」

東吾から太刀を受け取って、るいが説明した。

「昨日から、あっぷあっぷやっていた奴か」

夏のはじめに、るいが買った何匹かの金魚の中、どことなく頼りなげだったのが、やっぱり一番先に寿命が尽きた。

「庭に埋めてやりましょうと、お吉と話をしていたら、お泊りのお客様が、お経をあげて進ぜようとおっしゃって……」

「今の隠居か」

「八王子のほうの大百姓さんとかで、お若い頃に坊さんの修行をさせられていたのですって。お兄さんが歿《なくな》られて、家を継ぐことになって、坊さんにならずに済んだのだそうですよ」

「成程。それで、お経がうまかったのか」

「馬喰町の藤屋さんからおたのまれしたお客様なんですけど、訴訟のことで江戸へ出ていらしているそうです」

馬喰町の藤屋は江戸でも大きな旅籠《はたご》屋の一軒だが、そこの先代の主人が、歿ったるいの父親と懇意だったこともあり、この「かわせみ」の店を出す折には随分と力になってくれた。その縁で、藤屋で部屋が満杯になると、客を「かわせみ」へ廻してくれる。八王子から来た大百姓もそういう客であった。

東吾が湯を浴びて出て来るまでに、縁側にあった金魚の死骸は下働きの若い衆が庭に埋めたらしく、そこに目じるしに箸が立ててある。

「そういえば、よく金魚の墓を作ったな」

幼い日、東吾が縁日ですくってきた金魚は大方、一日で死んでしまって、それをるいの家へ持って行っては、庭に穴を掘って埋め、るいが小さな墓標をたてた。

「るいったら、お経がよめないので、南無、南無、南無ばかりいってやがって……」

「東吾様って、つまらないことばっかり憶えていらっしゃるんですね」

団扇《うちわ》を使っているところへ、長助を伴って畝源三郎がやって来た。

東吾の新婚当初は、少々、遠慮をしていたようなところがあったが、この頃は前よりも頻繁に大手をふって入って来る。

「いいところへ来たぜ。暑さしのぎに一杯やろう」

なんなら一風呂どうだと勧めたが、

「いや、どっちみち、また汗になりますから……」

それよりも、話を聞いてもらいたい、といった。

「まさか、この暑いのに人殺しじゃあるまいな」

お吉が早速、運んで来た酒を、源三郎と長助に注いでやって、東吾がどことなくはしゃいでいるのを、るいは可笑しそうにみていた。

八丁堀育ちは、どうも事件の匂いを嗅ぎたがる。

「実は、長助の縄張り内のことでして……」

源三郎にうながされて、長助は盃の酒で、そっと咽喉《のど》をしめらせた。

「なにから、お話し申してよいか……」

深川猿江町に足袋問屋で、三河屋という老舗があるといった。

「旦那は喜兵衛と申しまして、六十七歳になります。内儀《かみ》さんはお貞さんといいまして二度目の女房ですが、昨年の秋に患って歿《なくな》りました。この内儀さんとの間に娘が二人、おつねとおかつ、どっちも亭主持ちでございます」

大きな鉢に枝豆のうでたのを山盛りにして持って来たお吉が、長助の横へすわって、からになっている盃にお酌をしてやると、長助は殆ど無意識にそれを口へ持って行く。

酒の入った分だけ、長助の舌がなめらかになるのを、「かわせみ」の連中は知っている。

「若先生は府中のくらやみまつりと申しますのを御存じで……」

東吾が枝豆をつまみながら答えた。

「行ったことはないが、府中の総社大明神の祭礼の夜だろう。あそこは六所宮《ろくしよのみや》と呼ばれて、鷲《おおとり》様だの住吉様だの、六つの神様が境内に祭られている。その神輿《みこし》の渡御が真夜中に灯を消して行われるんで、くらやみまつりといい、随分と参詣人が集るそうだ」

長助が嬉しそうに合点し、盃を干した。

「そのくらやみまつりが五月の五日、つい先月のことでございましたが、深川から旦那衆が見物方々、おまいりに出かけましたんで」

上大島町の鍋釜問屋の主人、六右衛門、亀戸町の会席料理、巴屋庄右衛門の二人が発起人で、

「発句《ほっく》仲間が七人、その中に三河屋喜兵衛も入って居りました」

「誰か、くらやみの中で、いなくなったんですか」

先くぐりをしたのはお吉で、長助が慌てて手を振った。

「今回は、みんな揃って江戸へ帰って参りましたんですが……」

「以前、帰って来なかった者がいるんだな」

と東吾。

「今から三十年余りむかしのことでございます」

「古い話……」

お酌をしながら、お吉が口をとがらせた。

「誰が帰って来なかった。ひょっとすると、三河屋喜兵衛の最初の女房じゃないのか」

「若先生、御存じだったんで……」

「いや、知らないが、長助親分の話をきいていて、なんとなくそうだろうと見当がついたんだ」

「相変らず、東吾さんの勘は冴えていますね」

柄にもなくお世辞をいって、源三郎が話を続けた。

三十二年前、やはり深川から町内で誘い合せて、府中へくらやみまつりを見物に出かけた。

「三河屋では喜兵衛は用事があって行かれませんでしたが、女房のおとよが、町内のつきあいだからと亭主に勧められて参加しまして、これが府中の宿から行方知れずになったそうです」

随分と捜索したらしいが、結局、おとよはみつからず、三年経っても帰って来なかったので、親類が集って、おとよはこの世にない者と決めて、やがて、喜兵衛は後妻を迎えた。

それが、昨年歿ったお貞である。

板前が大皿に笹の葉を敷いた上に、鮎の焼いたのを串ごとのせて持って来た。いつまで経ってもお吉が台所へ来ないからだったが、居間の様子をみて、いつものことだと苦笑して下って行く。

「それじゃ、喜兵衛さんにとって、くらやみまつりというのは、あんまりいい思い出じゃございませんでしょうに……」

鮎を各々の皿に取り分けながら、るいがいった。

「そうなんで……まあ、三十何年も昔のことでございますから、町内の誰もが知っているわけじゃございませんが、六右衛門さんや庄右衛門旦那は、喜兵衛さんの古い友達で、忘れちゃ居りません」

で、最初は三河屋には声をかけないでおこうと内々で申し合せていたところ、喜兵衛のほうから、そんな水臭いことをするな、今更、昔のことをくよくよしてもはじまらない。是非、くらやみまつりを見物したいといい出して、結局、一行に加わった。

「無事に何ごともなく帰って来たんでしょう」

お吉がせっかちに先をうながした。

「何ごともなくとは申せませんで……喜兵衛は先月の末に、今度は一人で府中へ参りまして、お小夜という娘をつれて帰りました」

「おとよの娘だと申すのです」

源三郎が長助の話を引き取った。

「おとよはすでに病死していて、その娘は府中の清水屋という旅籠に女中奉公をしていたそうで、たまたま、祭見物に出かけた喜兵衛が、それを知った。あまり、不愍《ふびん》なので自分の手許にひき取ったというわけなのですが、そうなると、喜兵衛の二人の娘が承知を致しません」

「待ってくれ、源さん」

鮎を食べていた東吾が制した。

「お小夜という娘、喜兵衛の子ではないのだろう」

「母親は喜兵衛の先妻ですが、父親は別人です」

「では、相続などのかかわり合いはあるまい」

「ですが、喜兵衛が異常なほど、お小夜を可愛がっているそうです。歿ったお春という娘、これは先妻が残して行った忘れ形見ですが、十八の時、川へ落ちて死んで居ります。その娘によく似ているとかで……」

「母親が同じなら似ているかも知れないな」

「下手をすると、喜兵衛がお小夜に財産を分けるような遺言をするのじゃないかと、二人の娘は心配しているようですな」

「喜兵衛は六十七といったな」

「はあ」

「丈夫なのか」

「この冬、軽い卒中の発作を起しました。まことに軽いもので、医者はなにも心配はないと申しているそうですが……」

東吾がかしこまっている長助をみて苦笑した。

「親分も苦労の種が尽きねえな」

おそらく、喜兵衛の二人の娘、おつねとおかつのほうから長助にいろいろ訴えて来たのだろうが、父親が先妻の残した娘をつれて来て、可愛がっているくらいでは、お上のおとがめを受ける筋合はない。

「せいぜい、喜兵衛と昵懇《じっこん》の旦那衆に、あんまり家の中に波風を立てるようなことはするなと意見をしてもらうより仕方があるまい」

長助が頭を下げた。

「あっしも、それしかねえと考えて居ります」

東吾にきいてもらってほっとしたという長助をなぐさめて、ひとしきり、男三人が酒盛をして、やがて源三郎と長助は帰った。

暑さは夜が更けても相変らずで、蚊やりの煙がまっすぐに立ち上るほど、風もない。

「喜兵衛さんの前のお内儀さん、おとよさんでしたっけ」

二人になった居間で、るいがいった。

「好きな人がいたんでしょうか」

東吾が笑った。

「るいも、けっこう野暮だな」

「それじゃ、くらやみまつりで行方知れずになったのは……」

「きまってらあな。好きな男としめし合せてかけ落ちしたんだろう」

「喜兵衛さんは知ってたんでしょうか」

「大方な」

「あたし、よくわかりません」

団扇の風を東吾へ送りながら、るいが焦《じ》れた。

「だって、いわば、不義の子でしょう。お小夜さんは……」

「だろうな」

「なんだって、そんな娘さんを今更、引き取ったりしたのでしょう」

「そいつは、喜兵衛に訊《き》いてみなけりゃわからねえが……」

灯火を消した部屋の中から、東吾はまだ雨戸を閉めていない簀《す》戸《ど》越しに夜の庭を眺めて、ぽつんといった。

「男ってのは、案外、気のいいところがあるからな」

蛍がすっと沓脱石《くつぬぎいし》のふちをかすめた。

二

五日ばかり旱天が続いて、朝から雨になった。

乾き切っていた江戸の町の埃《ほこり》を洗い流して、木も草も甦ったようで、人々も、ほっと一息ついたのだが、いざ降り出すと、こんどはとめどがなくなって三日も続くと、川という川の水かさが増して来て、「かわせみ」から眺める大川はかなりの濁流となっている。

もっとも、この辺りは護岸工事がしっかりしているので、滅多なことでは川の水があふれないが、町内の男達は交替で警戒に当っていた。

が、その雨も三日で上って暑さがぶり返して来た。

長助が「かわせみ」へかけつけて来た時、東吾は築地の軍艦操練所から帰って遅い昼飯の膳についていた。

「三河屋喜兵衛の孫息子が水死しました」

喜兵衛の娘のおつねが、遠縁の芳太郎というのを聟《むこ》にして、二人の間に新之助という、今年十二になる悴《せがれ》がいる。

「昨夜、友達と釣りに出かけるといって家を出たそうですが、今朝、新高橋の下で浮んで居りましたんで……」

畝源三郎が取調べに当っているが、

「ぼつぼつ、若先生が築地からお帰りになる時分じゃねえかと……」

まことにすまなさそうに、ぼんのくぼに手をやった。

昼飯もそこそこに、東吾は長助と大川端を出て、永代橋を渡った。

新高橋は小名木川が横川と交叉する所に架《かか》っている。そこから小名木川を東にさかのぼる岸辺に五本松というところがあり、猿江町はそのあたりであった。

新之助の遺体はすでに、三河屋へ運ばれているというので、東吾はまっしぐらにそちらへ向った。

足袋問屋、三河屋は小名木川の北岸にあり、思った以上に大きな店がまえであった。地所もかなり広く、店に続いて母屋があり、庭をへだてて離れも建っている。

「離れは旦那様のお住いで……」

出迎えた番頭の清助というのがいった。

「御病気をなさいましてから、御商売のほうは手前共におまかせになりまして、ずっとあちらに……」

店へ出ることは殆どないが、売り上げや仕入れの帳簿は、その都度、番頭が離れまで持って行って報告をしているという。

新之助の遺体は母屋に寝かされていた。

さぞかし、両親の愁嘆場をみることになるだろうと思って敷居をまたいだのだったが、そばには茫然自失といった感じの女が一人、すわり込んでいるだけである。

「こちらが、おかつさんで……」

長助が東吾にひき合せた。

喜兵衛の娘で、跡取りのおつねの妹だから、水死した新之助には叔母に当る。

「新之助の両親はどうしたのだ」

東吾が訊き、

「それが、旅に出て居りまして……」

なんとも情ない声で清助が答えた。

死体をあらためてみると、十二にしては柄が大きい。水ぶくれになっていることをさし引いても、体つきはもう大人並みだったのがわかる。

「新之助は泳ぎが出来たのか」

「あまり、得意ではございませんでした」

死体から目をそむけたまま、番頭は首筋の汗を拭いている。

「泳ぎも出来ないのに、夜釣りに出たのか」

「いえ、釣りと申しましても、適当な所に舟をもやって、お仲間とわいわいさわぐのが面白いといった按配で……」

ちょうど子供から大人になりかかった年頃の連中が、口やかましい親達の目を逃れて、舟の中へ酒を持ち込んだり、時には無分別な若い女まで加わって乱痴気さわぎをするらしい。

「昨夜、新之助と一緒だったのは……」

「それが……」

と長助が代って返事をした。

「先程、畝の旦那がお調べになったことですが、新之助は自分の家の舟を持って、仲間の待っているところへ行く途中で、なにかの拍子に川へ落ちたようでして……」

仲間はいつまで待っても新之助が来ないので、あきらめて帰ったという。

「源さんは、どこにいるんだ」

番頭がおろおろといった。

「あちらで、金次郎さんを調べていらっしゃいます」

源三郎は、母屋と店をつなぐ廊下のすみで金次郎と話をしていた。

おかつの亭主の金次郎というのは、まあ男前のほうだろうが、どこかだらしのない感じの、無気力そうな男であった。

東吾の姿をみると、源三郎は金次郎を下っ引に見張らせておいて、こっちへやって来た。

「どうも怪訝《おか》しな具合です」

新之助の水死を単なる事故とは片付けにくいといった。

「昨夜、釣りに出ようとしたのは金次郎だったそうです。それが途中から新之助に代りまして……」

番頭の清助に、お小夜を呼んで来るように命じて納戸の脇の小部屋へ入った。

そこは店からも母屋からも離れていて取調べをするには重宝な場所であった。

狭苦しい所に源三郎と東吾に長助と、男三人が待ちかまえていると、清助が若い女をつれて来た。

小柄で、目の大きな娘で、とびきりの美人というわけではないが、愛らしい感じがする。

絣《かすり》の単衣《ひとえ》に地味な半幅帯を締め、縞の前掛をしている。前掛の紐が赤いのが、僅かに年頃の娘らしかった。

「昨夜のことを、もう一度、話すように……」

源三郎にうながされて、大きな目を更に大きくした。

「あの、金次郎さんにお弁当を頼まれたことでしょうか」

「そうだ。ありのままに、なるべくこと細かにいってくれ」

お小夜がちらと東吾をみた。定廻りの旦那とは違う風体を不思議に思ったのかどうか、伏し目がちになって話し出した。

「まだ五ツ（午後八時）にはなっていなかったと思います。離れから台所へ来ましたら金次郎さんが涼み旁《かたがた》、釣り舟を出すので夜食におむすびでも作ってくれといわれました。それで、梅干を入れた焼きおむすびを作って舟着場へ持って行きました」

軽く手で制して、源三郎がつけ加えた。

「三河屋では釣りの好きな者が多いので、釣り舟を持って居ります。裏木戸を出たところの舟着場につないでありますので……」

東吾の顔をみて、お小夜に話の先をうながした。

「お前が舟着場に行った時、金次郎は舟の上にいたのか」

「はい、新之助さんと、なにかもめているようでした。あたしは金次郎さんにおむすびの包を渡して、裏口から離れへ戻りました。旦那様はもう床についてお出《い》でだったので、暫《しば》く針仕事をしてやすみました」

「あんたが、府中から来た娘だな」

　東吾が初めて口を開き、お小夜は怯えた表情になった。

「ここの旦那の、前のお内儀さんの娘だときいたが……」

「はい」

　消え入りそうな返事であった。

「母親はどうした」

「歿りました。もう五年になります」

「父親は……」

「灸療治をしています。でも、旅から旅で、滅多には帰って来ません」

「喜兵衛は、どうして、お前のことを知ったんだ」

「偶然なんです。あたし、府中の清水屋という旅籠に奉公していて、この前のくらやみまつりに、ここの旦那様がお友達とお出でになって……あたし、おっ母さんから深川の三河屋さんのことは聞いていました。つらいことがあって出てしまったけれど、旦那様には本当に申しわけなかったと、おっ母さんは死ぬまですまながっていたんです、ですから、一生けんめい、お世話をしました」

　死んだ母親を思い出したのか、ふっと涙ぐんだ。

「それで、喜兵衛に気に入られたのか」

「江戸へお帰りになる時に、身の上を訊かれて、あたし、なにもかも申しました。嘘がつけなかったんです」

「五月の末に、もう一度、喜兵衛が府中へ来たのだな」

「はい、一人で心細いだろう、よかったら、深川の家へ来て奉公しないかと……」

「お前は、どう思った」

「江戸へ出たかったんです。こちらの旦那様はやさしくて、あたしみたいな者を、本当の娘のように親切にして下さいましたし……」

「旅に出ていた父親は、どうした」

「清水屋の御主人が、帰って来たら、わけを話してやると……」

「その後、文でも来たのか」

「いいえ、まだ、旅から帰っていないのだと思います」

「この家で、お前の仕事はなんだ」

「旦那様のお身の廻りのお世話をしています。このところ、あまりお体の調子がよくないので……」

「離れに泊っているのか」

「はい、夜中に旦那様に、なにかあるといけませんから……。離れには女中部屋があるので……」

そこまで訊いて、東吾はお小夜を部屋から出した。

「源さんは、金次郎が新之助を殺したと考えているのか」

「手前が、と申すよりも、この家の者達が疑っているのです」

まず、平素から金次郎と新之助は仲が悪かった。

三河屋は喜兵衛の娘のおつねが芳太郎という聟《むこ》をとって継いでいる。新之助はその一粒種であった。三河屋の若旦那として我儘《わがまま》に育っている。

「新之助の評判はあまりよくございません。悪い年頃なのだろうとは思いますが、近所の悪餓鬼どもと酒を飲んだり、けっこう放埓《ほうらつ》なようで……」

少し頭の足りない娘などをひっぱり込んで悪戯《いたずら》をし、町役人《ちょうやくにん》の厄介になったこともある。

「もっとも、十二といえば、体のほうは、もう大人でして……」

新之助が仲間と遊びに使っているのが、三河屋の釣り舟で、

「もともとは喜兵衛が釣り好きで買ったものですが、今は全く殺生はやらず、その代りに金次郎が夢中になっています」

で、舟をめぐって、金次郎と新之助はよく大喧嘩をしているという。

「金次郎というのは、いくつだ」

「二十五だそうで、これが板前くずれと申しますか……」

おつねの妹のおかつといい仲になって、三河屋中の反対を押し切って夫婦になったが、

「夫婦ぐるみで、三河屋の厄介になって居りますので……」

「板前として働く気がないのか」

「板前と申しても下働きだったそうで、当人は三河屋の聟が、一膳飯屋で鍋の底を洗っていては、外聞が悪いなどとうそぶいて居ります」

根っからの怠け者なのだろうと源三郎はいった。当然のことながら、おつね夫婦もよい顔はしないし、新之助もこの義理の叔父を馬鹿にしている。

「ところで、新之助の両親は旅に出ているといったが、どこへ出かけたのだ」

小さくなっていた番頭が途方に暮れたように答えた。

「それが……府中にお出かけになりまして」

「府中へ、なんのために……」

「その……お小夜さんのことで、いろいろ訊いて来なければ、とおっしゃいまして……」

「お小夜の身許に不審な点でもあるのか」

「そういうことではございませんで……ただ、旦那様があまり、お小夜さんを可愛がってお出でなので……ひょっとして……」

「ひょっとして……なんだ」

「旦那様がおっしゃいますには、お小夜さんは、歿られた、最初のお嬢さん、お春さんと申しましたが、そのお春さんにどことなく似ているのだそうで……」

喜兵衛の先妻の娘、つまり、お小夜の母親が喜兵衛の女房だった時に産んだ子である。

「母親が同じなら、お小夜がお春に似ていても不思議ではあるまい」

「へえ、そういうことで……つまり、旦那様がお小夜さんを可愛がって、さきざき、御遺言のようなことをするのではないかと……おつねさんやおかつさんが……」

三河屋の財産をお小夜に分けるという意味であった。

「そんなこともありまして、一ぺん、お小夜さんの父親のことを調べて来たいと……」

「いつ、出かけたのだ」

「四日前でございます」

「随分と帰りが遅いが……」

「はい、ただ雨降りが続きましたので……」

「出かけたのは、おつねと芳太郎か」

「それと……金次郎さんが……。ただ、金次郎さんは大木戸まで参りまして体の具合が悪くなり、帰ってお出でになりました」

出かけた日のことだといった。

「成程。店の者が、なんとなく金次郎をうさん臭く思う筈だな」

呟《つぶや》いて、東吾は番頭に金次郎を呼んで来させた。

「お前は昨夜、新之助と口論をしたそうだな」

東吾に水を向けられると、すぐべらべらとまくし立てた。

「別に舟のことで苦情をいったんじゃありません、あいつらは舟を岡場所の女郎部屋の代りに使ってやがるんで、こないだもお上からお叱りを受けたばかりで……お袋や親父の留守に、また、悪い仲間にそそのかされて、舟を持ち出そうとするので叱言をいってやったんです」

「新之助は承知したのか」

「あっしのいうことなんぞ、聞く段じゃございません。あっしもいうだけのことはいったが、手前の倅ではなし……あとはうっちゃっといて家へ入りました」

「それは、何刻頃だ」

「お小夜さんが弁当を持って来て、すぐです」

「お前が家へ入る時、新之助は舟にいたのだな」

「雨水が入ったといって、しきりにかい出していました」

源三郎が口をはさんだ。

「三河屋の奉公人は五ツ半（午後九時）に湯屋から戻って来たそうだが、その折、つないであった舟はあったが、舟のまわりに新之助の姿はなかったと申して居るが……」

「そいつはわかりませんが、大方、家の中になにかを取りに入った時だったんじゃ……」

「しかし、奉公人は誰も家の中で新之助をみていない、おまけに裏口は奉公人達が入った時、番頭が鍵をかけている」

その鍵は今朝、番頭が開けるまで、その儘《まま》であった。

「そんなことは知りません。あっしは部屋へ戻って寝ちまったんで……」

金次郎と入れかわりに、東吾はおかつを呼んだ。

商家の娘として育ったのに、どこか色っぽく品が悪い。あまり利口な女にはみえなかった。

「昨夜はうちの人が釣りに出て行ったから、すぐ寝ちまいました。ちょっとばかり、寝酒が多すぎて……いつ帰って来たかなんて知りませんよ。朝は、たしかに布団の中で鼾《いびき》をかいてましたけど……」

青い顔で、しきりに生あくびをしているのは二日酔とみえた。

番頭の話だと、おかつは酒好きで、一日も酒がないといられないという。

「この三日ばかり、上のお嬢さんが留守で叱言をいう人もいませんから……」

一日中、酒びたりだったと苦笑している。

「喜兵衛は、おかつを叱らないのか」

「もう、とっくにあきらめてお出でのようでございまして……」

その喜兵衛は離れで、お小夜に肩をもませていた。

「お手数をおかけ申してあいすみません」

東吾と源三郎に丁重に挨拶したが、

「店のことは番頭にまかせて居りますし、手前はこのような病人でございますから……」

浮世のことはかかわり合いがないといった口ぶりである。

三河屋を出て、東吾は源三郎、長助と共に猿江町の名主の家へ寄った。

「喜兵衛の前の女房のおとよだが、好きな男があって、くらやみまつりを口実にかけおちをしたのではなかったのか」

髪の白い、如何にも好人物らしい名主は昔を思い出すまなざしをした。

「たしかに、おとよさんが行方知れずになった時、左様な噂をする者もございました。けれども、相手の心当りが全くございませんでした」

「喜兵衛は、なにかいっていなかったのか」

「あの頃は、まだ喜兵衛さんのお袋が達者でございまして、けっこう気の強い女《ひと》でしたから、おとよさんはつらかったのだろうと……」

「おとよの両親は……」

「同じ深川で小間物屋をして居りましたが、おとよさんが嫁入りして間もなく、火事を出して、それからは商売も出来なくなり、両親とも患いついて歿りました」

他には身よりもなく、兄弟もなかったという。

「おとよさんの両親の墓は、この近くの泉養寺にございますが、よくそこへ墓まいりに来て泣いているのを、死んだ女房がみかけたと申して居りました」

つまりは、嫁姑の確執が、おとよの家出の原因だったろうと推量している。

「ところで、喜兵衛は二人の娘にも、孫息子にも、あまり情がないように思えるが……」

東吾の言葉に、名主は苦笑した。

「まあ、こう申してはなんでございますが、二人とも、そう出来のよい娘さんとは思えません」

下のおかつが家中の反対にもかかわらず夫婦になった金次郎は、とんでもないぐうたら者だったし、上のおつねの亭主の芳太郎は、

「もともと、喜兵衛さんの遠縁で三河屋の手代として働いて居りました」

喜兵衛は芳太郎を先妻のおとよとの間に出来たお春の聟にする気だったが、

「どういうわけか、おつねさんと出来てしまいまして……、今だから申しますが、お春さんが川に落ちて歿ったのも、身投げだったのではないかと噂をした者がございます」

死人に口なしで、真偽のほどはわからないが、

「芳太郎がお春さんとも出来ていて、おつねさんにのりかえたと、三河屋の奉公人は申して居ります」

とすれば、その噂が喜兵衛の耳に入っていない筈はなく、

「お春さんが死んでしまったことでもあり、喜兵衛さんは芳太郎は勿論、おつねさんにもいい気持を持たなくなったのではございませんか」

それだけ、喜兵衛がお春を可愛がっていたことにもなると名主は話した。

三

更に数日後、講武所へ畝源三郎が、東吾を訪ねて来た。

「三河屋の芳太郎夫婦が、まだ戻って参りません。三河屋からは府中の清水屋へ使をや

ったのですが、それが帰って来まして、芳太郎夫婦は清水屋へ来ていないといわれたそうでして……」

どうにも埒《らち》があかないので、長助を府中まで調べにやることにしたときいて、東吾がいい出した。

「俺が長助と一緒に行こうか」

このところ、築地の軍艦操練所は幕閣の意向で人事が交替し、その上、移転の話もあって、殆ど仕事にならないと東吾は説明した。

「早い話、俺が病気を口実に一日休んでも、なんともないということさ」

「東吾さんに行って頂けると助かります。実は長助一人では、不安な気が致しまして……」

江戸と違って、代官所支配であった。

なにかの時に、長助が十手を出してもおさまりがつくとは思えない。

「長助は、すぐ発てるのか」

「そのつもりで仕度をして居ります」

講武所のほうは適当にいいつくろって、東吾は大川端へ戻り、旅仕度もそこそこに、やって来た長助と共に「かわせみ」を出た。

内藤新宿まで二里余り。

歩きながら、長助の話したことによると、三河屋の者が、府中の清水屋といっているのは、正しくは府中の宿より一里二十三丁ほど手前の布田《ふだ》の五ケ宿のことで、江戸の者はおおざっぱに府中の六所大明神と呼んでいるが、五月五日にくらやみまつりのある武蔵国総社は布田五ケ宿に泊って参詣するのが一番近い。

「清水屋と申しますのも、布田にある旅籠だそうでございます」

内藤新宿から布田までは三里半そこそこであった。

東吾は無類の健脚、長助も負けてはいないから、大川端を出たのが八ツ（午後二時）前だったのに、布田へ入ったのは暮六ツ（午後六時）すぎ、それでも途中、二度ほど休みをとっている。

もっとも、この季節は、昼の一刻が、夜の一刻よりもだいぶ長い。

江戸の時刻は、太陽の上るのを明《あけ》六ツ（午前六時）として、日没を暮六ツとし、その間を六等分して昼の一刻を決める。夜は日の入りから翌朝の日の出までをやはり六等分して夜の一刻が定められる。

従って、夏は日が長いので、昼の一刻が夜の一刻よりも実際には長くなった。

ともかく、東吾と長助は夏の日の長さに助けられて、暗くなりかけた布田の清水屋へたどりついた。

湯を浴びて、飯にしてもらってから、長助が清水屋の主人、惣吉というのを部屋へ呼んで来た。

「深川の三河屋さんでございましたら、このくらやみまつりの時、御町内の皆様とお泊りになり、同じ五月の二十九日に又、お出でになりました。ですが、その後はおみえになって居りません」

長助が芳太郎とおつねの人相、年頃を説明したが、

「どうも、そのようなお方はお出でになって居ないように思います」

二日前に深川から使が来て、同じことを訊かれたので、なにか悪いことが起ったのではないかと心配していたという。

宿帳をみせてもらっても該当者がない。

お小夜という娘については、

「あれは、入間と申すところに住んで居ります灸療治の与平という人の娘でございまして、親のほうは始終、旅廻りをして居りますが入間に居ります時は、手前どもにも灸を下しに参ります」

清水屋でも隠居が時折、療治を受けているし、客から頼まれて呼ぶこともある。

「そういう間柄でございますので、手前共の人手の足りない時には、女中がわりにお小夜さんに来てもらって居りますので……」

くらやみまつりの時には、お小夜が喜兵衛に対し、足腰まで揉んでやったり、洗濯をしてやったりと、親切にしていたのは知っているといった。

「あとで聞いたところによると、おっ母さんがその昔、三河屋さんに迷惑をかけたとのことでして……」

それが縁で、三河屋がお小夜を江戸へつれて行ったのも、

「あの子にとっては出世だろうと喜んで居りました」

「お小夜の親父の与平というのは、まだ旅から戻っていないのか」

「二日ほど前に挨拶に参りました。甲州を廻っていたとかで、お小夜さんのことを話しますと、それは願ってもないことだと喜んで居りましたから、おそらくは、入間の家に居りましょう」

といわれて、東吾は長助と相談をした。

入間といえば、江戸へ帰る道順である。

明日にでも寄ってみようということになって、その夜は二人とも、早く床についた。

翌朝、飯の前に、ここまで来たのだからと六所大明神へ参詣に出かけた。

欅《けやき》並木の参道は朝霧がうすく立ちこめていて、それだけでもおごそかな感じがするのに、社殿の立派さは、流石、武蔵国の総社だけのことはある。

神社の由緒は、第十二代景行天皇の御代に大国魂大神の御託宣により創建されたというが、徳川家康によって五百石が社領として寄進され、又、正保三年に火災に遭った後は、将軍家綱が久世大和守に命じて新しく社殿を造営させたという。

境内の鼓楼や中雀門《ちゆうじやくもん》、随神門《ずいじんもん》の見事さに長助は肝をつぶしている。

「お江戸から遠くはなれた所に、よくもまあ、こんなお社が出来たもんでござんすねえ」

さぞかし御利益があろうかと、三拝九拝している。

清水屋へ戻って朝飯をすませ、再び足ごしらえをして江戸へ向った。

入間の里までは三十丁足らずである。

与平の家というのは村はずれの古いお堂であった。

以前は、そこにお稲荷さんが祭ってあったのだが、別の場所に新しいお堂を建ててひっ越したあと、朽ちかけていたのを与平親子が住みついたというものである。

「ですが、娘が江戸へ奉公に行ったので、自分は甲州の知り合いのほうへ移るといって、昨日から家の中を片づけていますよ」

近所の百姓家でいわれて東吾と長助は顔を見合せた。

その与平の住み家へ行ってみると、堂の中はがらんとしていて、小さな荷が運び出せるように紐をかけてあるばかりで、与平の姿はなかった。

たまたま通りかかった子供に訊いてみると、

「太郎吉の犬が死んだので、お経を上げてやるといって出かけた」

といった。

なにかが、東吾の頭の中で動き出していたが、東吾自身は、まだ気がついていない。

お堂のまわりを一廻りして来た長助が、裏に穴が掘ってあって、古い道具や板などが投げ込まれているといった。

「ひっ越すんで、いらねえものを燃やそうっていうんでしょうが、かなりでっかい穴でございますよ」

東吾がいってみると、成程、一間四方ほどの穴が掘られていて、その上に破れた障子、襖《ふすま》や、堂の羽目板、果てはどこから持って来たのか枯れ枝や枯れ草などもぎっしりと積み重なっている。

「お前さんら、そこでなにをしている」

背後からとがめる声がして、東吾はふりむいた。

死んだ犬を菰包《こもづつみ》にしたのを抱えて、初老と思われる男が、こっちを睨《にら》んでいる。

木綿の筒袖の着物にくくり袴と、姿は変っていたが、東吾はすぐ気がついた。

「かわせみ」で、金魚にお経を上げていた、八王子から訴訟のために江戸へ上って来ているという男である。

突然、男が犬を放り出して逃げ、反射的に長助がとびついた。

「お前、俺の顔をみて、なんで逃げた」

とりおさえた男に東吾がいい、与平は歯をくいしばって返事をしない。

「長助親分、近所の衆を呼んで来い、その穴の中を調べるんだ」

「合点です」

長助が走って行き、畑仕事をしていた百姓が二、三人集った。

与平は犬のようなうなり声を上げたが、東吾が押えつけているので、びくともしない。

枯れ枝や枯れ草がとりのけられ、障子、襖をめくった下に大きな葛籠《つづら》が二つ。何気なく蓋《ふた》を取った男が叫び声を上げた。

四

「その与平って人が、芳太郎さんとおつねさんを殺したんですか」

事件が片づいての「かわせみ」の午下《ひるさが》り、例によって東吾を囲んで、るいに嘉助にお吉。

「かわせみは物騒な奴を客にしていたんだぜ」

八王子の大百姓といって泊っていたのは、お小夜の父親の与平であった。

「与平ってのも本名じゃねえ。こいつは源さんが調べたんだが、元は深川の広済寺という寺で修行中だった明信という坊主さ」

広済寺は、おとよの両親の墓のある泉養寺の隣であった。

「だったら、おとよさんのいい人っていうのは、その坊さんですか」

とるい。

「姑にいびられては、墓の前で泣いていたおとよに明信が同情したんだろう。とにかく二人はしめし合せて、かけおちしたんだ」

「それが、三十何年前のくらやみまつりだったんですね」

「あっちこっち旅をして、明信は灸療治でなんとか暮しをたてた」

明信が白状したところによると、おとよが死んでから、明信はそっと江戸へ出て三河屋の様子を探った。

「三河屋でも後妻が死んで、二人の娘夫婦と喜兵衛は折り合いがよろしくない。しかも、喜兵衛自身も病気がちと知って、明信は悪企みを思いついたそうだ」

灸療治の旅と称して江戸へ出てきて、様子をうかがい、喜兵衛が今でも死んだお春という娘のことを思い続けているとわかると、文を出した。

自分は死んだお春を知っている者だが、府中の清水屋に、お春そっくりの女中がいた、と、差出人の名前は書かずに、喜兵衛に届けさせた。

「喜兵衛は誰かの悪戯とは思いながら、結局、府中、いや布田の清水屋へ行く気になった」

それが、この五月のくらやみまつりであった。

待ちかまえていた明信はお小夜にいい含めて、喜兵衛に親切のありったけを尽させた。

「果して、喜兵衛はお小夜が気に入った」

決して憎くて別れた女房ではない。その女房の娘と知って、よけい情が湧いたのかもしれないと東吾はいった。

まんまと、お小夜は三河屋に住み込むことになる。

「明信のほうも江戸へ出て来て、ところもあろうに、このかわせみに泊りながら、深川の様子を探り、ひそかにお小夜と連絡をとっていた」

嘉助が一膝のり出した。

「では、新之助さんを殺したのは明信でございましたか」

思い出したことだが、新之助が死んだ夜、明信は「かわせみ」へ帰って来なかった。

「翌朝、戻って参りまして、気晴しに吉原へ行き、つい女郎の口車にひっかかって泊ってしまったなぞと申して居りました」

「俺が、金魚にお経をあげているあいつをみたあと、あいつは八王子へ帰ったんだろう」

嘉助が宿帳をひろげた。

「左様でございます。大雨になります一日前でしたが……」

「お小夜が知らせたのさ。芳太郎夫婦が布田へ自分達のことを調べに行くと……」

芳太郎達が江戸を発《つ》ったのが、大雨になる前日で、

「明信は、あとを尾けて内藤新宿から甲州街道を布田へ向った」

入間へ入る手前で芳太郎夫婦に声をかけ、自分とおとよのことを打ちあけるといって自分の家にしている入間のお堂へ連れて行って二人を刺し殺した。

「その死体を縁の下に埋めておいて江戸へ出て来たのが三日続きの雨が上った翌日、つまり、新之助の殺された日だ、明信がかわせみに草鞋《わらじ》を脱いで、夜になってから深川へ出かけた」

宿帳をみていた嘉助が大きくうなずく。

「お小夜と連絡をとるつもりだったが、三河屋の近くをうろうろしていると、たまたま、

金次郎と新之助がやり合っているのに出会ったので、金次郎が家へ入ってから、新之助を川へ突き落して殺した」

ちょうど、三河屋の奉公人が湯から帰って来たので、物かげにかくれてやりすごし、その後で舟の艫綱《ともづな》をほどいて川へ流した。

その舟は小名木川を流れて行って、大川へ出る手前の万年橋の近くにひっかかった。新之助の死体は、そのずっと手前の新高橋で発見されている。

「明信の企みは、芳太郎夫婦とその悴を殺し、金次郎に疑いがかかれば、喜兵衛はお小夜を可愛がっているので、うまくすると相続人にするかも知れない。相続人にしないまでもかなりの財産をお小夜に遺す可能性があると考えていたようだ」

実際、お小夜というのはうまく持ちかけて、それくらいのことはやりおおせる女だと、東吾はいった。

「しかし、明信の奴、驚いたろうな、まさか、俺がかわせみであいつの顔をみていようとは……」

東吾が気持よさそうに笑った時、女中がとんで来た。

「長助親分が、三河屋さんをつれて来ました」

「そいつはいけねえ」

あたふたと嘉助が帳場へ走り、そのあとから東吾とるいも店のほうへ出た。

三河屋喜兵衛は、一度に五つも六つも年をとったようであった。

勧めても奥には通ろうとせず、上りかまちにすわって丁重に、このたびの礼を述べた。

今年一杯で三河屋の店を閉めるという。

「娘夫婦や奉公人に分けるものを分けましたら、西国へ巡礼に出るつもりで居ります」

この世になんののぞみもなくなったと声をつまらせた。

「かようなことを申しますのは、まことに身勝手と存じますが、手前にとりまして、お小夜はお春だったんでございます。あれがどんな悪い女でもよろしゅうございました。お春が身近にいて、手前に優しくしてくれて、手前はお春のまぼろしと一緒に暮せたら、もうそれで充分だったのでございます。ですが、そのまぼろしはもう消えてしまいました」

あっけにとられている「かわせみ」の人々を尻目に、待たせておいた駕籠で、すっと帰った。

「冗談じゃありませんよ。折角、若先生が府中くんだりまで出かけて下手人をつかまえなすったというのに……」

お吉が大声でどなったが、東吾は別に腹が立たなかった。

喜兵衛の後姿に老人の孤独が、いたましいほど、くっきりと滲んでみえたからである。

老人が人生の終りに、漸《ようや》くみつけた束の間の春を、自分が苦労して消してしまったのかと思う。

「西国巡礼って……お小夜って人を探すつもりなのかも知れませんね」

るいが、そっとささやいた。
明信は処刑されたが、お小夜は江戸を追放されただけである。
どこかで喜兵衛はお小夜にめぐり逢えるのか、逢えないのか。
逢えるが幸せか、不幸せか、所詮、人間のことは人間にはわからないような気がして、
東吾は居間に戻った。
「かわせみ」の夕方、庭は降るような蟬時雨《せみしぐれ》であった。

本書は一九九四年十一月に刊行された文春文庫「八丁堀の湯屋　御宿かわせみ16」の新装版です。

文春文庫

八丁堀《はつちようぼり》の湯屋《ゆや》　御宿《おんやど》かわせみ16

定価はカバーに表示してあります

2005年11月10日　新装版第1刷
2021年6月15日　第8刷

著　者　平《ひら》岩《いわ》弓《ゆみ》枝《え》

発行者　花田朋子
発行所　株式会社 文藝春秋

東京都千代田区紀尾井町3-23　〒102-8008
TEL 03・3265・1211㈹
文藝春秋ホームページ　http://www.bunshun.co.jp

落丁、乱丁本は、お手数ですが小社製作部宛お送り下さい。送料小社負担でお取替致します。

印刷製本・凸版印刷

Printed in Japan
ISBN978-4-16-716898-8

（　）内は解説者。品切の節はご容赦下さい。

平岩弓枝
女の顔（上下）
幼い時に母と渡米したが、日本女性として厳しく育てられた津奈木まさき。母亡き後に単身帰国するが、親戚は冷たく、住み込み家政婦をして一人で生きてゆくことに。綾なす人間模様。
ひ-1-106

平岩弓枝
鏨師《たがねし》
無銘の古刀に名匠の偽銘を切る鏨師と、それを見破る刀剣鑑定家。火花を散らす厳しい世界をしっとりと描いた直木賞受賞作「鏨師」のほか、芸の世界に材を得た初期短篇集。（伊東昌輝）
ひ-1-109

平岩弓枝
女の旅
洋画家の娘・美里は語学に堪能なツアー・コンダクター。平泉、鎌倉、東京、ニューヨークを舞台に、初恋に揺れる若い女心と、情事に倦みながらも嫉妬する中年女の心理を描く。（伊東昌輝）
ひ-1-116

平岩弓枝
花のながれ
昭和四十年の暮れ、上野・池之端にある江戸から続く老舗糸屋の当主が亡くなった――。残された三人の美しい娘たちの三者三様の愛と人生の哀歓を描く傑作長篇ほか、二編を収録。
ひ-1-123

平岩弓枝
女の家庭
海外赴任を終えた夫と共に娘を連れて日本に戻った永子。姑と小姑との同居には想像を絶する気苦労が待っていた。忍従の日々の先にあるものは？　女の幸せとは何かを問う長篇。
ひ-1-124

平岩弓枝
下町の女
かつては「新橋」「柳橋」に次ぐ格式と規模を誇った下谷の花柳界だが、さびれゆく一方であった。そんな時代を清々しく生きる、名妓とその娘の心意気。下谷花柳小説ここにあり。
ひ-1-125

平岩弓枝
秋色（上下）
有名建築家と京都の名家出身の妻、この華麗なる夫婦の実態は……。シドニー、麻布、銀座、奈良、京都、伊豆山と舞台を移して、華やかに、時におそろしく展開される人間模様。
ひ-1-126

文春文庫　平岩弓枝の本

平岩弓枝
肝っ玉かあさん
東京・原宿にある蕎麦屋「大正庵」の女主人・大正五三子は、太っ腹で、世話好きで、涙もろいお人好し。ひと呼んで「肝っ玉かあさん」。蕎麦屋一家の人間模様を軽妙に描く長篇小説。

ひ-1-128

平岩弓枝
御宿かわせみ
「初春の客」「花冷え」「卯の花匂う」「秋の蛍」「倉の中」「師走の客」「江戸は雪」「玉屋の紅」の全八篇を収録。江戸大川端の小さな旅籠「かわせみ」を舞台とした人情捕物帳シリーズ第一弾。

ひ-1-201

平岩弓枝
江戸の子守唄
御宿かわせみ2

表題作ほか、「お役者松」「迷子石」「幼なじみ」「宵節句」「ほととぎす啼く」「七夕の客」「王子の滝」の全八篇を収録。四季の風物を背景に、下町情緒ゆたかに繰りひろげられる人気捕物帳。

ひ-1-202

平岩弓枝
水郷から来た女
御宿かわせみ3

表題作ほか、「秋の七福神」「江戸の初春」「湯の宿」「桐の花散る」「風鈴が切れた」「女がひとり」「夏の夜ばなし」「女主人殺人事件」の全九篇。旅籠の女主人るいと恋人で剣の達人・東吾の活躍。

ひ-1-203

平岩弓枝
山茶花《さざんか》は見た
御宿かわせみ4

表題作ほか、「女難剣難」「江戸の怪猫」「鴉を飼う女」「鬼女」「ぼてふり安」「人は見かけに」「夕涼み殺人事件」の全八篇。女主人るい、恋人の東吾とその親友・畝源三郎が江戸の悪にいどむ。

ひ-1-204

平岩弓枝
幽霊殺し
御宿かわせみ5

表題作ほか、「恋ふたたび」「奥女中の死」「川のほとり」「源三郎の恋」「秋色佃島」「三つ橋渡った」の全七篇。江戸の風物と人情、そして「かわせみ」の女主人るいと恋人の東吾の色模様も描く。

ひ-1-205

平岩弓枝
狐の嫁入り
御宿かわせみ6

表題作ほか、「師走の月」「迎春忍川」「梅一輪」「千鳥が啼いた」「子はかすがい」の全六篇を収録。美人で涙もろい女主人るい、恋人の東吾、幼なじみの同心・畝源三郎の名トリオの活躍。

ひ-1-206

文春文庫　平岩弓枝の本

（　）内は解説者。品切の節はご容赦下さい。

平岩弓枝
酸漿《ほおずき》は殺しの口笛
御宿かわせみ7

表題作ほか、「春色大川端」「玉菊燈籠の女」「能役者、清大夫」「冬の月」「雪の朝」の全六篇を収録。おなじみの人物を縦横に活躍させて、江戸の風物と人情を豊かにうたいあげる。

ひ-1-207

平岩弓枝
白萩屋敷の月
御宿かわせみ8

表題作ほか、天野宗太郎が初登場する「美男の医者」「恋娘」「絵馬の文字」「水戸の梅」「持参嫁」「幽霊亭の女」「藤屋の火事」の全八篇。ご存じ〝かわせみ〟の面々が大活躍する人情捕物帳。

ひ-1-208

平岩弓枝
一両二分の女
御宿かわせみ9

表題作ほか、「むかし昔の」「黄菊白菊」「猫屋敷の怪」「藍染川」「美人の女中」「白藤検校の娘」「川越から来た女」の全八篇。江戸の四季を背景に、人間模様を情緒豊かに描く人気シリーズ。

ひ-1-209

平岩弓枝
閻魔まいり
御宿かわせみ10

表題作ほか、「蛍沢の怨霊」「金魚の怪」「露月町・白菊蕎麦」「源三郎祝言」「橋づくし」「星の降る夜」「蜘蛛の糸」の全八篇収録。小さな旅籠を舞台にした、江戸情緒あふれる人情捕物帳。

ひ-1-210

平岩弓枝
二十六夜待《にじゅうろくやまち》の殺人
御宿かわせみ11

表題作ほか、「神霊師・於とね」「女同士」「牡丹屋敷の人々」「源三郎子守歌」「犬の話」「虫の音」「錦秋中仙道」の全八篇。今日も〝かわせみ〟の人々の推理が冴えわたる好評シリーズ。

ひ-1-211

平岩弓枝
夜鴉《よがらす》おきん
御宿かわせみ12

江戸に押込み強盗が続発、「かわせみ」へ届けられた三味線流しおきんの結び文が解決の糸口となる。他に名品と評判の「岸和田の姫」「息子」「源太郎誕生」など全八篇の大好評シリーズ。

ひ-1-212

平岩弓枝
鬼の面
御宿かわせみ13

節分の日の殺人、現場から鬼の面をつけた男が逃げて行った。表題作の他「麻布の秋」「忠三郎転生」「春の寺」など全七篇。大川端の御宿「かわせみ」の面々による人情捕物帳。（山本容朗）

ひ-1-213

文春文庫　平岩弓枝の本

平岩弓枝
神かくし
御宿かわせみ14

神田界隈で女の行方知れずが続出する。神かくしはとかく色恋のつじつまあわせに使われるというが……東吾の勘がまたも冴える。御宿「かわせみ」の面々がおくる人情捕物帳全八篇。

ひ-1-214

平岩弓枝
恋文心中
御宿かわせみ15

大名家の御後室が恋文を盗まれ脅される。八丁堀育ちの血が騒ぎ、東吾がまたひと肌脱ぐも……。表題作ほか、るいと東吾が晴れて夫婦となる「祝言」「雪女郎」「わかれ橋」など全八篇収録。

ひ-1-215

平岩弓枝
八丁堀の湯屋
御宿かわせみ16

八丁堀の湯屋には女湯にも刀掛がある、という八丁堀七不思議の一つが悲劇を招く。表題作ほか、「ひゆたらり」「びいどろ正月」「煙草屋小町」など全八篇。大好評の人情捕物帳シリーズ。

ひ-1-216

平岩弓枝
雨月
御宿かわせみ17

生き別れの兄を探す男が、「かわせみ」の軒先で雨宿りをしていた。兄弟は再会を果たすも、雨の十三夜に……。表題作ほか「尾花茶屋の娘」「春の鬼」「百千鳥の琴」など全八篇を収録。

ひ-1-217

平岩弓枝
秘曲
御宿かわせみ18

能楽師・鷺流宗家に伝わる一子相伝の秘曲を継承した美少女に魔の手が迫る。事件は解決をみるも、自分の隠し子らしき男児が現われ、東吾は動揺する。「かわせみ」ファン必読の一冊！

ひ-1-218

平岩弓枝
かくれんぼ
御宿かわせみ19

品川にあるお屋敷の庭でかくれんぼをしていた源太郎と花世は隣家に迷い込み、人殺しを目撃する。事件の背後には――。表題作ほか「マンドラゴラ奇聞」「江戸の節分」など全八篇収録。

ひ-1-219

平岩弓枝
お吉《きち》の茶碗
御宿かわせみ20

「かわせみ」の女中頭お吉が、大売り出しの骨董屋から古物を一箱買い込んできた。やがて店の主が殺され、東吾はお吉の買物の中身から事件解決の糸口を見出す。表題作ほか全八篇。

ひ-1-220

文春文庫　平岩弓枝の本

（　）内は解説者。品切の節はご容赦下さい。

平岩弓枝
犬張子の謎
御宿かわせみ21

花見の道すがら、るいが買った犬張子には秘められた仔細があった。玩具職人の、孫に向けた情愛が心を打つ表題作ほか「独楽と羽子板」「鯉魚の仇討」「富貴蘭の殺人」など全八篇収録。

ひ-1-221

平岩弓枝
清姫おりょう
御宿かわせみ22

宿屋を狙った連続盗難事件の陰に、江戸で評判の祈禱師、清姫稲荷のおりょうの姿がちらつく。果してその正体は？　「横浜から出て来た男」「穴八幡の虫封じ」「猿若町の殺人」など全八篇。

ひ-1-222

平岩弓枝
源太郎の初恋
御宿かわせみ23

七歳になった初春、源太郎が花世の歯痛を治そうとして巻き込まれたのは放火事件だった――。表題作ほか、東吾とるいに待望の長子・千春誕生の顚末を描いた「立春大吉」など全八篇収録。

ひ-1-223

平岩弓枝
春の高瀬舟
御宿かわせみ24

江戸で屈指の米屋の主人が高瀬舟で江戸に戻る途上、変死した。懐中にあった百両もの大金から下手人を推理する東吾の活躍を描く表題作ほか、「二軒茶屋の女」「紅葉散る」など全八篇。

ひ-1-224

平岩弓枝
宝船まつり
御宿かわせみ25

宝船祭で幼児がさらわれた。時を同じくして「かわせみ」に逗留していた名主の嫁が失踪。事件の背後には二十年前の同様の子さらいが……。表題作ほか「冬鳥の恋」「大力お石」など全八篇。

ひ-1-225

平岩弓枝
長助の女房
御宿かわせみ26

長寿庵の長助がお上から褒賞を受けた。町内あげてのお祭騒ぎの中、一人店番の女房おえい。が、おえいの目の前で事件が。表題作ほか「千手観音の謎」「嫁入り舟」「唐獅子の産着」など全八篇。

ひ-1-226

平岩弓枝
横浜慕情
御宿かわせみ27

横浜で、悪質な美人局《つつもたせ》に身ぐるみ剝がれたイギリス人船員のために、一肌脱いだ東吾だが、相手の女は意外にも……。異国情緒あふれる表題作ほか「浦島の妙薬」「橋姫づくし」など全八篇。

ひ-1-227

（　）内は解説者。品切の節はご容赦下さい。

平岩弓枝
新・御宿かわせみ
時は移り明治の初年。幕末の混乱は「かわせみ」にも降り懸かる。次代を背負う若者たちは悲しみを胸に抱えながらも、激動の時代を確かに歩み出す。大河小説第二部、堂々のスタート。
ひ-1-235

平岩弓枝
華族夫人の忘れもの
新・御宿かわせみ2
「かわせみ」に逗留する華族夫人の蝶子は、思いのほか気さくな人柄。しかし、常客の案内で、築地居留地で賭事に興じて、るいの留守を預かる千春を心配させる。表題作ほか全六篇を収録。
ひ-1-236

平岩弓枝
花世の立春
新・御宿かわせみ3
「立春に結婚しましょう」――七日後に急に祝言を上げる決意をした花世と源太郎はてんてこ舞いだが、周囲の温かな支援で無事祝言を上げる。若き二人の門出を描く表題作ほか六篇。
ひ-1-237

平岩弓枝
蘭陵王の恋
新・御宿かわせみ4
麻太郎の留学時代の友人・清野凜太郎登場！　凜太郎は御所に仕える楽人であった。凜太郎と千春は互いに思いを募らせていく。表題作ほか「麻太郎の友人」「姨捨山幻想」など全七篇。
ひ-1-238

平岩弓枝
千春の婚礼
新・御宿かわせみ5
婚礼の日の朝、千春の頬を伝う涙の理由を兄・麻太郎は摑みかねていた。表題作ほか、「宇治川屋の姉妹」「とりかえばや診療所」「殿様は色好み」「新しい旅立ち」の全五篇を収録。
ひ-1-239

平岩弓枝
お伊勢まいり
新・御宿かわせみ6
大川端の旅宿「かわせみ」は現在修繕休業中。この折に「かわせみ」の面々は、お伊勢まいりに参加。品川宿から伊勢路へと慣れぬ旅を続けるが、怪事件に見舞われる。シリーズ初の長篇。
ひ-1-240

（　）内は解説者。品切の節はご容赦下さい。

平岩弓枝
青い服の女
新・御宿かわせみ7
大嵐で休業を余儀なくされた旅宿「かわせみ」が修復され、お伊勢まいりから戻った面々。相も変わらず千客万来で、奇妙な事件も。明治篇七巻目となるシリーズ最新作。（島内景二）
ひ-1-241

平岩弓枝　画・蓬田やすひろ
御宿かわせみ傑作選1
初春《はる》の客
江戸の大川端にある小さな旅籠「かわせみ」を舞台に繰り広げられる大人気"人情捕物帳"。宿の若き女主人るいの忍ぶ恋が胸を打つ、国民的シリーズのカラー愛蔵版第一弾！
ひ-1-252

平岩弓枝　画・蓬田やすひろ
御宿かわせみ傑作選2
祝言
美しい江戸の町に実を結ぶるいと東吾の恋。シリーズ最大の人気作「祝言」を含む、捕物、人情、江戸の光景に贅沢に心遊ばせる一冊。蓬田やすひろ氏のカラー挿絵も美しい、第二弾！
ひ-1-253

平岩弓枝　画・蓬田やすひろ
御宿かわせみ傑作選3
源太郎の初恋
幼い源太郎と花世が巻き込まれた大事件。表題作他、大安売りに目がない女中頭お吉の騒動を描く「お吉の茶碗」など珠玉の七篇を収録。カラー挿画とともに味わう、愛蔵版第三弾！
ひ-1-254

平岩弓枝　画・蓬田やすひろ
御宿かわせみ傑作選4
長助の女房
深川・長寿庵の長助が、お上から褒賞を受けた——。お祭り騒ぎの中で事件が起きる表題作他、「大力お石」「千手観音の謎」など八篇を収録。カラー挿画入り愛蔵版、ついに完結！
ひ-1-255

平岩弓枝・大矢博子　選
「御宿かわせみ」ミステリ傑作選
かわせみシリーズの傑作「矢大臣殺し」はアガサ・クリスティへのオマージュか？　書評家・大矢博子が、トリックを切り口に七作品を厳選。巻末の著者インタビューでその謎が解ける。
ひ-1-256